NO OCH JAG

Till Iona och Arthur

Delphine de Vigan

No och jag

Översättning: Helén Enqvist

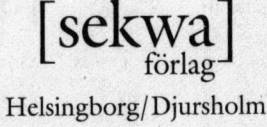

Helsingborg/Djursholm

DELPHINE DE VIGAN, NO OCH JAG

Originalets titel: No et moi
Copyright © Éditions Jean-Claude Lattès, 2007
Svensk översättning © Sekwa förlag, 2008

This book is published by arrangement with Literary Agency Wandel Cruse, Paris. Boken utges efter överenskommelse med Literary Agency Wandel Cruse, Paris.

Ouvrage publié avec le concours du Ministère français chargé de la culture – Centre national du livre. Boken utges med stöd av franska Kulturministeriet – Centre national du livre.

Översättning: Helén Enqvist
Omslag: Niclas Holmqvist (niclas@nollpunkt.com)
Omslagsfoto: © Helén Enqvist
Författarporträtt: © Benjamin Chelly
Sättning: Ateljén Arne Öström AB
Tryck: Norhaven A/S, Danmark, 2009
ISBN 978-91-977269-5-5

Sekwa förlag
Nedre Långvinkelsgatan 61
252 34 Helsingborg

noochjag@sekwa.se
www.sekwa.se

*– Jag sade ju det,
Jag tittade på havet,
Jag satt gömd bakom klipporna
Och jag tittade på havet.*

J.M.G. LE CLEZIO, *Lullaby*

– Mademoiselle Bertignac, jag hittar inte ert namn på listan över dem som ska hålla föredrag.

Monsieur Marin iakttar mig med höjda ögonbryn och händerna vilande på katedern. Jag hade inte räknat med hans långdistansradar. Jag hade hoppats på respit men gick på en nit. Tjugofem par ögon vänds mot mig i väntan på ett svar. "Hjärnan" tagen på bar gärning. Axelle Vernoux och Léa Germain fnissar tyst med händerna för munnen, ett tiotal armband klirrar förtjust runt deras handleder. Jag vill bara sjunka genom jorden och in i litosfären, det hade passat mig fint. Jag avskyr att hålla föredrag, jag avskyr att stå och prata inför klassen, det har uppstått en spricka i jordskorpan under fötterna på mig, men inget händer, golvet störtar inte in, jag önskar att jag svimmade, träffad av blixten skulle jag falla död ner från min ringa höjd med spretande Converse och utsträckta armar, och monsieur Marin skulle skriva på svarta tavlan: Lou Bertignac, klassens bästa elev, socialt inkompetent och stum.

– Jag skulle precis anmäla mig.

– Bra. Vilket ämne tänker ni prata om?
– De hemlösa.
– Det är lite vagt, kan ni utveckla tanken?
Lucas ler mot mig. Hans ögon är enorma, jag skulle kunna drunkna i dem och försvinna, eller låta tystnaden uppsluka monsieur Marin och hela klassen med honom, jag skulle kunna ta min Eastpack-väska och gå därifrån utan ett ord, som Lucas brukar göra, jag skulle kunna ursäkta mig och erkänna att jag inte har en aning, att jag bara sade så på måfå, att jag ska fundera på det, och sedan skulle jag kunna prata med monsieur Marin efter lektionen och förklara att jag inte kan, att ett föredrag inför hela klassen helt enkelt är mer än jag klarar av, att jag är jätteledsen, jag kan lämna ett läkarintyg på att jag är patologiskt oförmögen att hålla någon som helst typ av föredrag, med stämpel och hela baletten, och få dispens. Men Lucas ser på mig och jag förstår att han förväntar sig att jag ska klara mig ur knipan, han är med mig, han tänker att en flicka som jag inte kan göra sig till åtlöje inför trettio elever, han knyter näven, det ser nästan ut som om han tänker höja den och vifta med den, som ett fotbollsfan som hejar på sitt lag, men plötsligt blir tystnaden tryckande, det är som i kyrkan.

Jag tänkte skildra en ung hemlös kvinnas öde, hennes liv ... ja, hennes historia. Jag menar ... hur det kommer sig att hon är hemlös.

Sorl i bänkraderna, viskningar.

– Utmärkt. Det är ett bra ämne. För varje år blir alltfler kvinnor hemlösa, och de blir yngre och yngre. Vilka källor tänkte ni använda, mademoiselle Bertignac?

Jag har ingenting att förlora. Eller så mycket att ena handens fingrar inte räcker till, eller ens båda, så oändligt mycket.

– Ett ... vittnesmål. Jag ska intervjua en ung hemlös kvinna. Jag träffade henne igår och hon har gått med på det.

Andlös tystnad.

Monsieur Marin antecknar mitt namn på sitt rosa papper, ämnet för föredraget, jag sätter upp er på den 10 december, då hinner ni med lite extra efterforskningar, han ger oss några allmänna instruktioner, högst en timme, en socioekonomisk synvinkel med exempel, rösten försvinner, Lucas näve slappnar av, jag har genomskinliga vingar, jag flyger ovanför bänkarna, jag blundar, jag är ett pyttelitet dammkorn, en osynlig partikel, jag är lätt som en suck. Det ringer ut. Monsieur Marin ger oss tillåtelse att lämna salen, när jag plockar ihop mina saker och tar på mig jackan ropar han på mig.

– Mademoiselle Bertignac, jag skulle vilja byta några ord med er.

Det var den rasten. Det är inte första gången, några med hans mått motsvarar tusentals. De andra släpar benen efter sig, de skulle gärna vilja höra på. Under tiden stirrar jag på mina fötter, skosnöret har som vanligt gått upp. Hur kommer det sig att jag som har en IQ på 160 inte klarar av att knyta skorna?

– Ni får vara rädd om er i samband med den här intervjuhistorien. Se upp så att ni inte råkar illa ut, ni borde kanske be någon av era föräldrar att följa med er.

– Oroa er inte. Allt är ordnat.

Mamma har inte varit ute på flera år och pappa gråter i smyg i badrummet. Det borde jag ha svarat.

Då hade monsieur Marin strukit mig från listan för gott.

GARE D'AUSTERLITZ. Dit går jag ofta på tisdagar och fredagar när vi slutar tidigt. Jag går dit och ser på tågen som lämnar stationen, jag gillar känslorna, att se folk visa sina känslor, det är därför jag aldrig missar en fotbollsmatch på teve, jag älskar att se när de kramas efter målen, hur de springer med armarna i luften och omfamnar varandra, och så *Vem vill bli miljonär*, man måste se tjejerna när de svarar rätt, de slår händerna för munnen, kastar huvudet bakåt och ger ifrån sig små skrik och så medan tårarna stiger i ögonen. På stationer är det annorlunda, man kan ana känslorna i blickarna, gesterna och rörelserna, det är förälskade par som skiljs åt, mormödrar som reser hem, damer i långa kappor som lämnar män med uppfällda kragar eller tvärtom, jag observerar människor som ska resa bort, man vet inte vart, varför eller hur länge, de tar adjö genom rutan, vinkar lite eller anstränger sig att skrika fast det inte hörs. Om man har tur får man vara med vid riktiga separationer, jag menar att man verkligen känner att det kommer att vara länge eller kännas länge (vilket går på ett ut), då är stämningen riktigt laddad, det är som om luften blir tjockare, som om de är helt ensamma. Det är samma sak med ankommande tåg, jag ställer mig i ena änden av perrongen och tittar på dem som väntar, spända och otåliga med sökande blick, och plötsligt ler de, lyfter armen och vinkar innan de går fram och omfamnar dem de väntat på, det är det jag tycker bäst om, när känslorna svallar.

Så det var därför jag befann mig på Gare d'Austerlitz. Jag väntade på tåget från Clermont-Ferrand 16.44, det är mitt favorittåg för det är fullt av alla möjliga sorters människor, unga, gamla, välklädda, tjocka, magra, konstigt klädda och så. Efter en stund kände jag att någon knackade mig på axeln, det tog lite tid för jag var så koncentrerad, och i det läget skulle en mammut kunna rulla sig på mina gympadojor utan att jag märkte något. Jag vände mig om.

– Har du en cigg?

Hon var klädd i smutsiga kakifärgade byxor, en gammal jacka med hål på armbågarna och en Bennetton-scarf, som den mamma har längst inne i garderoben, ett minne från ungdomen.

– Nej, tyvärr, jag röker inte. Men jag har tuggummi med mintsmak om du vill ha.

Hon rynkade på näsan, höll sedan fram handen, jag gav henne asken som hon slängde ner i sin väska.

– Hej, jag heter No. Vad heter du?
– No?
– Ja.
– Jag heter Lou … Lou Bertignac. (Det brukar få folk att haja till för de tror att jag är släkt med sångaren, kanske till

och med hans dotter, en gång när jag gick på högstadiet lät jag dem tro det, men sedan blev det för komplicerat och när jag måste berätta alla detaljer och be honom skriva autografer och så, blev jag tvungen att säga sanningen.)

Det såg inte ut att väcka några känslor hos henne. Jag tänkte att det kanske inte var hennes typ av musik. Hon gick fram till en man som stod och läste tidningen några meter ifrån oss. Han himlade med ögonen och suckade, tog fram en cigarett ur paketet, hon tog den utan att se på honom och sedan kom hon tillbaka till mig.

– Jag har sett dig här förut, flera gånger. Vad pysslar du med?

– Jag tittar på folk.

– Okej. Och det finns inget folk där du bor?

– Jo, men det är inte samma sak.

– Hur gammal är du?

– Tretton.

– Du har möjligtvis inte en euro eller två? Jag har inte ätit nåt sen igår kväll.

Jag grävde i jeansfickan, hittade några mynt och gav henne dem utan att se efter. Hon räknade dem innan hon slöt handen.

– Vilken klass går du i?

– I ettan.

– Det stämmer väl inte med din ålder?

– Nej ... Jag ligger två år före.

– Hur kommer det sig?

– Jag har hoppat över två årskurser.

– Jag fattar det, men hur kommer det sig, Lou, att du har hoppat över två årskurser?

Jag tyckte att hon pratade konstigt, jag undrade om hon drev med mig, men hon såg både allvarlig och bekymrad ut på samma gång.

– Jag vet inte. Jag lärde mig läsa när jag gick på dagis, så jag slapp första klass, och sedan fick jag hoppa över fyran. Jag var så uttråkad att jag satt och snurrade håret runt fingret hela dagarna och drog i det så att jag fick en kal fläck efter ett par veckor. Efter tre kala fläckar fick jag byta klass.

Jag hade velat fråga henne saker också men jag var för blyg, hon rökte sin cigarett och studerade mig uppifrån och ner och nerifrån och upp, som om hon letade efter något som jag kunde ge henne. Det hade blivit tyst (mellan oss, för annars malde den syntetiska högtalarrösten oavbrutet på), så jag kände mig tvungen att tillägga att det var bättre nu.

– Vad är det som är bättre, är det håret eller är du mindre uttråkad?

– Nja ... både och.

Hon skrattade. Då såg jag att hon hade tappat en tand, jag behövde inte ens tänka efter en tiondels sekund för att veta vilken: en premolar.

Hela mitt liv har jag känt mig utanför, var jag än har varit, utanför bilden, utanför samtalet, utanför sammanhanget, som om jag var ensam om att uppfatta ljud och ord som andra inte kan höra, och döv för orden de tycks höra, som om jag befann mig utanför ramen, på andra sidan om en ofantlig och osynlig fönsterruta.

Men igår med henne var jag där, man hade säkert kunna rita en cirkel runt oss, en cirkel som jag inte var utestängd ifrån, en cirkel som omgav oss och som under några minuter skyddade oss från omvärlden. Jag kunde inte stanna längre, pappa väntade på mig, jag visste inte hur jag skulle säga hej då, om jag skulle säga madame eller mademoiselle, eller om jag skulle säga No eftersom jag visste vad hon hette. Jag löste problemet genom att kort och gott hojta hej då, jag tänkte att hon nog inte var typen som höll hårt på etiketten och allt sådant som man måste ta hänsyn till i sociala sammanhang. Jag vände mig om för att vinka, hon stod kvar och såg efter mig, det gjorde mig ont för när jag såg hennes blick och hur tom den var förstod jag att hon inte hade någon som väntade på henne, inget hem, ingen dator och kanske ingenstans att ta vägen.

Vid middagen den kvällen frågade jag mamma hur det kom sig att väldigt unga tjejer blev hemlösa, hon suckade och sade att sådant var livet: orättvist. För en gångs skull nöjde jag mig med det, trots att de första svaren ofta är undanmanövrar, det har jag vetat länge.

För mitt inre såg jag hennes bleka hy, ögonen som såg så stora ut i det magra ansiktet, färgen på hennes hår, den rosa scarfen, och under de tre lagren jackor föreställde jag mig en hemlighet, en hemlighet som satt i hennes hjärta som en tagg, en hemlighet hon aldrig hade berättat för någon. Jag fick lust att vara hos henne. Med henne. Där jag låg i min säng ångrade jag att jag inte hade frågat hur gammal hon var. Det bekymrade mig. Hon såg så ung ut.

På samma gång verkade det som om hon verkligen visste hur livet är, eller snarare som om hon visste något om livet som var skrämmande.

LUCAS SATTE SIG på sin vanliga plats längst bak. Där jag sitter kan jag se honom i profil, hans uppstudsiga uppsyn. Jag kan se den uppknäppta skjortan, de säckiga jeansen, de bara fötterna i gympadojorna. Han sitter bakåtlutad på stolen med armarna i kors som en åskådare, som någon som har hamnat där av en slump, på grund av ett växlingsfel eller ett administrativt missförstånd. Hans väska står nedanför bänken och verkar tom. Jag tittar på honom i smyg, jag minns honom från första skoldagen.

Jag kände ingen och jag var rädd. Jag hade satt mig längst bak, monsieur Marin delade ut blanketterna, Lucas vände sig mot mig och log. De var gröna. De hade en ny färg varje år, men man skulle alltid fylla i samma uppgifter: efternamn, förnamn, föräldrarnas yrke, och så en hel drös med grejer som inte angick någon. Eftersom Lucas inte hade någon penna fick han låna min, jag sträckte mig så gott det gick tvärs över mittgången.

– Monsieur Muller, jag ser att ni är väl förberedd inför det nya läsåret. Glömde ni utrustningen på stranden?

Lucas svarade inte. Han kastade en blick åt mitt håll, jag blev orolig för hans skull. Men monsieur Marin började dela ut scheman. Jag hade kommit till "syskon" på min blankett och skrev noll med bokstäver.

Att uttrycka avsaknad av kvantitet med ett tal är ingen självklarhet i sig. Det har jag läst i mitt vetenskapliga uppslagsverk. Frånvaron av ett objekt eller ett subjekt uttrycks bäst med frasen "det finns inga" (eller "inte längre några"). Siffrorna förblir abstrakta och nollan uttrycker varken frånvaro eller sorg.

Jag lyfte blicken och märkte att Lucas tittade på mig, för jag är vänsterhänt och måste böja handleden när jag skriver och folk blir alltid förvånade; sådant krångel för att hålla i en penna. Han tittade på mig och tycktes undra hur jag som var en så liten sak hade hamnat där. Monsieur Marin ropade upp oss och inledde sin första lektion. I den uppmärksamma tystnaden tänkte jag att Lucas Muller var det slags person som inte låter sig skrämmas av livet. Han fortsatte att tippa bakåt på stolen och gjorde inga anteckningar.

I dag vet jag vad alla heter, jag känner till alla förnamn och vanor i klassen, vilka som är vänner och vilka som är rivaler, Léa Germains skratt och Axelles viskningar, Lucas oändligt långa ben som sticker ut i gången, Lucilles blinkande pennfodral, Corinnes långa fläta, Gauthiers glasögon. På fotot som togs några dagar efter skolstarten står jag längst fram, där man placerar de kortaste. Bakom mig, högt ovanför, står Lucas och ser trumpen ut. Om man tänker sig att man bara kan dra en enda rak linje mellan två punkter, så ska jag en dag dra den linjen från honom till mig eller från mig till honom.

NO SITTER PÅ marken med ryggen mot en stolpe, framför fötterna har hon ställt en tom tonfiskburk där det ligger några mynt. Jag kollade inte ens tågtiderna på informationstavlan utan gick direkt till perrongen där hon kommit fram till mig, jag går med bestämda steg och när jag närmar mig blir jag plötsligt rädd att hon inte ska minnas mig.

– Hej.

– Se där, Lou Bertignac.

Hon sade det i en högdragen ton som man använder för att härma lite snobbiga människor i sketcher och reklam. Jag var nära att vända på klacken men jag hade förberett mig väl och var inte beredd att ge upp.

– Jag tänkte att vi kunde gå och ta en kopp choklad ... eller nåt ... Om du vill. Jag bjuder.

Hon kommer snabbt på fötter, tar sin väska, mumlar att hon inte kan lämna alla sina saker där, pekar med hakan på en liten resväska med hjul och två sprängfyllda plastpåsar. Jag tar påsarna och låter henne ta väskan, hör ett tack bakom mig, rösten låter mindre självsäker än första gången. Jag är stolt över det jag gör, över att gå först, men ändå är jag livrädd för att befinna mig på tumanhand med henne. Vid biljettluckorna möter vi en man i lång mörk rock, han nickar åt henne, när jag vänder mig om ser jag att hon besvarar hälsningen med en knappt märkbar nick, som förklaring säger hon att stationerna dräller av snutar. Jag vågar inte ställa några frågor, jag tittar mig omkring efter fler snutar men ser inga, jag antar att man måste öva mycket för att känna igen dem. När jag är på väg in på kaféet intill informationstavlan lägger hon handen på min axel för att hejda mig. Hon kan inte gå in dit, hon är portad. Hon vill hellre gå ut från stationen. När vi ska passera tidningsståndet går hon fram och hälsar på kvinnan som står i kassan. Jag betraktar henne på håll, hon har stor byst, målade läppar och gnistrande rött hår, hon ger No en Bounty och ett paket kakor, och sedan kommer No bort till mig. Vi går över boulevarden och in på ett av de här brasserierna med stora skyltfönster som alla ser likadana ut, jag hinner precis läsa namnet på markisen. Inne på Relais d'Auvergne luktar det korv och kål, jag söker i min inre databas efter vilken kulinarisk specialitet den doften kan motsvara: kött- och grönsaksgryta, färsfylld grönkål, brysselkål, vitkål, kål fick jag när jag kom hem, kål fick jag i påsen, jag ska alltid ta genvägar och hamna på avvägar, det är irriterande men jag kan inte låta bli.

Vi slår oss ner, No håller händerna under bordet. Jag beställer en cocacola, hon tar en vodka. Kyparen tvekar ett ögonblick, är på vippen att fråga hur gammal hon är, men hon möter hans blick på ett otroligt oförskämt sätt, det betyder *våga inte jävlas med mig ditt pucko*, det är jag säker på, det kunde lika gärna ha stått på en skylt, och sedan ser han hennes trasiga jacka, den hon har ovanpå, och eftersom den är smutsig säger han okej och går därifrån.

Jag kan ofta se vad folk tänker, det är lite som en skattjakt, en svart tråd som man låter löpa mellan fingrarna, en skör tråd som leder till sanningen om Världen, den som aldrig kommer att avslöjas. En dag sade pappa till mig att det skrämde honom, att jag inte skulle hålla på så där, att jag måste slå ner blicken för att behålla mina barnögon. Men jag kan bara inte blunda, ögonen är vidöppna och ibland håller jag händerna för så att jag ska slippa se.

Kyparen kommer tillbaka med våra glas, No griper otåligt tag i sitt. Då ser jag hennes svarta händer, de nedbitna naglarna, klösmärkena på handlederna. Jag får ont i magen.

Vi dricker under tystnad, jag försöker komma på något att säga men lyckas inte, jag tittar på henne, hon ser så trött ut, det beror inte bara på de svarta ringarna under ögonen, det rufsiga håret som hålls ihop med en gammal hårsnodd och de slitna kläderna, jag kommer att tänka på ett ord, *förstörd*, ett ord som gör ont, jag minns inte om hon såg ut så där redan första gången vi sågs, kanske lade jag inte märke till det, men jag har snarare en känsla av att hon har förändrats på bara några dagar, att hon är blekare eller smutsigare och att hennes blick är svårare att fånga.

Det är hon som börjar prata.

– Bor du här i närheten?

– Nej. Vid Filles du Calvaire. I närheten av Cirque d'Hiver. Och du?

Hon ler. Hon håller upp händerna i en gest av vanmakt

som betyder ingenting, ingenstans, här, eller jag vet inte.

Jag tar en stor klunk cocacola och frågar:

– Men var sover du då?

– Till höger och vänster. Hos vänner. Bekanta. Sällan mer än tre, fyra nätter på samma ställe.

– Och dina föräldrar?

– Jag har inga.

– Är de döda?

– Nej.

Hon frågar om hon får beställa in mer att dricka, fötterna sprattlar under bordet, hon förmår inte luta sig tillbaka, kan inte låta händerna vila någonstans, hon granskar mig och mina kläder, byter ställning, byter tillbaka, fingrar på en orange tändare och rastlösheten och spänningen syns i hela kroppen. Vi sitter där och väntar på att kyparen ska komma tillbaka, jag försöker le och se naturlig ut, men det finns inget svårare än att se naturlig ut när man försöker vara det, och då har jag ändå övat mycket. Jag håller tillbaka den störtflod av frågor som trängs i mitt huvud, hur gammal är du, hur länge sedan är det du slutade skolan, hur får du tag i mat, vad är det för folk du sover hos, men jag är rädd att hon ska gå sin väg, att hon ska fatta att hon slösar bort sin tid.

Hon tar itu med sin andra vodka, reser sig för att ta en cigarett på bordet bredvid (vår bordsgranne har precis gått på toaletten och lämnat paketet på bordet), drar ett djupt halsbloss och ber mig prata.

Hon säger inte: Och du, vad gör du annars? Hon går rakt på sak:

– Kan du inte prata med mig?

Jag är inte så förtjust i att prata, det känns alltid som om jag inte hittar orden, som om de smiter undan, sprider ut sig, det är inte en fråga om ordförråd eller definition, för jag kan rätt många ord, men precis när jag ska säga dem blir de otydliga och skingras, det är därför jag undviker att berätta saker eller hålla föredrag, jag nöjer mig med att svara på de frågor jag får och håller inne med resten, överflödet, orden som jag mångfaldigar i tysthet för att komma närmare sanningen.

Men No sitter framför mig med bönfallande blick.

Så jag sätter igång, det får bli som det blir, strunt i om jag känner mig alldeles naken, strunt i om det är dumt, när jag var liten gömde jag en ask med skatter under min säng, i den fanns det alla möjliga minnessaker, en påfågelsfjäder från Parc Floral, tallkottar, bomullstussar i olika färger att ta bort smink med, en blinkande nyckelring och så, en dag lade jag dit en sista minnessak, jag vill inte säga vad, en mycket sorglig sak som markerade slutet på barndomen, jag stängde asken, stoppade in den under sängen och rörde den aldrig mer, fast jag har förstås andra askar, en för varje dröm, eleverna i min nya klass kallar mig "hjärnan", de ignorerar mig eller undviker mig, som om jag hade en smittsam sjukdom, men innerst inne vet jag att det är jag som inte klarar av att prata och skratta med dem, jag håller mig på min kant, det finns en kille också, han heter Lucas, ibland kommer han fram till mig efter lektionerna, han ler mot mig, han är på sätt och vis klassens ledare, alla respekterar honom, han är jättelång, jättesnygg och så, men jag vågar inte prata med honom, på kvällarna klarar jag snabbt av läxorna och gör det jag ska, jag letar efter nya ord, det är nästan så man blir yr för det finns tusentals, jag klipper ut dem ur tidningar för att tämja dem, jag klistrar in dem i stora vita skrivböcker som jag fick av mamma när hon kom hem från sjukhuset, jag har en massa uppslagsböcker också, men jag använder dem inte så mycket längre, jag börjar kunna dem utantill, längst in i garderoben har jag ett hemligt gömställe med en massa grejer som jag har hittat ute, borttappade grejer, trasiga, övergivna grejer och så ...

Hon ser roat på mig, hon ser inte ut att tycka att jag är konstig, ingenting verkar förvåna henne, jag kan berätta om mina tankar även om de är ett enda virrvarr, jag kan berätta om röran i mitt huvud, jag kan säga *och så* utan att hon påpekar det, för hon förstår vad det betyder, det är jag säker på, för hon vet att *och så* står för allt man kunde tillägga men som man håller inne med, av lättja, av tidsbrist eller för att man inte förmår säga det högt.

Hon vilar pannan mot bordet, så jag fortsätter, jag vet inte om det någonsin har hänt förut, jag menar att jag har pratat så länge, det är som en teatermonolog där ingen svarar, och så plötsligt somnar hon, jag har druckit upp min cocacola och jag sitter där och ser henne sova, det är alltid något, värmen på baren och den mjuka soffan där jag såg till att hon satte sig, jag kan inte bli arg på henne, jag somnade också när vi var och såg *Äktenskapsskolan* med klassen, och då var den ändå jättebra, men jag hade för mycket att tänka på och ibland är det som med datorer, de slår över till viloläge för att bevara minnet.

Vid sjutiden börjar jag bli riktigt skraj för att jag ska få skäll och skakar henne försiktigt.

Hon öppnar ett öga, jag viskar.

– Jag är ledsen, men jag måste gå.

Maskorna i tröjan har lämnat avtryck på hennes kind.

– Har du betalat?

– Ja.

– Jag stannar här en stund till.

– Kan vi ses igen?

– Om du vill.

Jag tar på mig kappan och går ut från baren. Ute på gatan vänder jag mig om för att vinka till No genom fönstret, men hon tittar inte på mig.

– Mademoiselle Bertignac, jag vill prata med er efter lektionen, jag har gjort lite efterforskningar om ert ämne och har lite upplysningar åt er.

– Ja, monsieur.

Man måste säga ja, monsieur. Man måste gå tyst in i salen, ta fram sina saker, svara högt och tydligt när han ropar upp ens namn, vänta på att han ska ge oss tillåtelse att resa oss när det ringer ut, man får inte sitta och gunga med fötterna under stolen, inte kolla mobilen under lektionerna, inte titta på väggklockan, inte tvinna sitt hår, inte viska med grannen, inte visa rumpan eller naveln och man måste räcka upp handen om man vill säga något, ha långärmad tröja även om det fyrtio grader varmt och man får inte bita på pennan och absolut inte tugga tuggummi. Till exempel. Monsieur Marin är skolans skräck. Han är motståndare till stringtrosor, låg midja, brallor som släpar i marken, hårgelé och blekt hår, mademoiselle Dubosc, ni kan komma tillbaka när ni har ett klädesplagg som är värt namnet, monsieur Muller, här är en kam, ni får två minuter på er att kamma er.

Trots ett medelbetyg på arton av tjugo går jag inte heller säker, han ropar på mig så fort jag tittar ut genom fönstret, så fort jag glider iväg, om så i bara två sekunder, mademoiselle Bertignac, kan ni vara så vänlig och komma tillbaka till oss andra, ni har all tid i världen att umgås med ert innersta väsen, säg mig, vad är det för väder på era breddgrader? Monsieur Marin måste ha ett dussin osynliga ögonpar utspridda på kroppen, en ouppmärksamhetsdetektor transplanterad i näsborrarna och en snigels känselspröt. Han ser allt och hör allt, ingenting undgår honom. Och ändå har jag inte magen bar, mitt hår är välkammat och uppsatt, jag har normala jeans och långärmade tröjor, jag gör allt för att smälta in i dekoren, jag ger inte ifrån mig några ljud, tar bara till orda om han ställer en direkt fråga och är trettio centimeter kortare än de flesta av mina klasskamrater. Alla har respekt för monsieur Marin. Det är bara Lucas som vågar lämna lektionen med huvudet högt efter att ha svarat: det är med kammar som med tandborstar, monsieur Marin, dem lånar man inte av varandra.

– Man uppskattar att det finns mellan 200 000 och 300 000 hemlösa människor varav fyrtio procent kvinnor, och den siffran ökar ständigt. Och bland hemlösa mellan sexton och arton år uppgår andelen kvinnor till sjuttio procent. Ni har valt ett bra ämne, mademoiselle Bertignac, även om det inte är lätt att avhandla. Jag har lånat en mycket intressant bok om social utslagning åt er på biblioteket, jag anförtror er den tillsammans med en ganska färsk artikel ur *Libération*. Tveka inte att säga till om ni behöver hjälp. Jag litar på att ert föredrag inte blir lika tråkigt som era klasskamraters, det har ni kapacitet till, men kila iväg nu medan det är något kvar av rasten.

Jag har en klump i halsen och det svider i ögonen. Ute på gården går jag bort till mitt lilla hörn intill bänken, där lutar jag mig mot det enda trädet i närheten, som om det vore mitt, efter två månader är det ingen som gör en ansats att närma sig, det är min plats. Jag iakttar de andra på håll, tjejerna skrattar och knuffar varandra i sidorna med armbågarna, Léa har en lång kjol och snörkängor, hon sminkar sig, hon har blå, mandelformade ögon och är fantastiskt kvick, hon har alltid något roligt eller intressant att säga och alla killarna tittar efter henne, Axelle också, även om hon inte är lika söt, hon är inte rädd av sig, det märks, hon är inte rädd för något, de tar ett glas på ett kafé efter lektionerna, ringer och skickar sms till varandra, går på fester, chattar på kvällarna och går till H&M på onsdagseftermiddagarna. En dag, precis när skolan hade börjat, bjöd de mig på sitt födelsedagskalas, jag sade tack och tittade på mina fötter, och sedan sade jag att jag skulle komma. Jag funderade i en vecka på vad jag skulle ha på mig, jag hade förberett allting, jag hade tränat på att dansa till radion, jag hade köpt dem varsin present, och så kom då kvällen. Jag tog på mig mina finaste jeans och en T-shirt som jag hade köpt på Pimkie, mina höga stövlar och min svarta jacka, jag hade tvättat håret samma morgon för att det skulle vara blankt och jag såg mig i spegeln. Jag var pytteliten; jag hade korta ben, små händer, små ögon, korta armar, jag var pytteliten och liknade ingenting. Jag såg mig själv dansa i vardagsrummet hos Léa Germain bland alla de andra, jag ställde ner väskan med presenterna, jag tog av mig jackan och knäppte på teven. Mamma satt i soffan och tittade på mig, jag såg mycket väl att hon försökte komma på något att säga, det hade inte behövts mycket, det är jag säker på, om hon till exempel hade sagt du är jättefin, eller vad söt du är, då tror jag att jag hade förmått mig att gå ut, trycka på hissknappen och så. Men mamma satt tyst och såg på reklamen, det var en tjej som använde en magisk deodorant och dansade bland en massa människor, fotoblixtarna sprakade och hon snurrade runt i en volangklänning och jag ville bara gråta.

På måndagen bad jag om ursäkt för att jag inte hade kommit, jag hittade på någon förevändning om familjen, Axelle sade att jag hade missat årets fest, jag sänkte blicken. Efter den dagen talade Léa Germain och Axelle Vernoux aldrig med mig mer.

En dag förklarade madame Cortanze, en psykolog som jag gick hos under några månader, vad det innebar att vara intellektuellt brådmogen. "Tänk dig att du är en extremt modern bil utrustad med fler tillval och funktioner än de flesta andra bilar och att du är snabbare och har högre prestanda. Det är fantastiskt. Men det är inte lätt. För ingen vet exakt hur många tillval du har eller vad du kan göra med dem. Det kan bara du veta. Och det är farligt att köra fort. För när man är åtta år kan man inte trafikreglerna och man kan inte köra bil. Det är mycket man måste lära sig: att köra när det regnar, när det snöar, att hålla uppsikt på andra bilar, att respektera dem, att vila när man har kört länge. Det är så man blir vuxen."

Jag är tretton år och jag inser mycket väl att jag inte växer på rätt sätt, jag kan inte tyda skyltarna, jag har ingen kontroll över fordonet, jag kör fel hela tiden och för det mesta känns det mer som om jag är instängd på en bana med radiobilar än som om jag kör på en tävlingsbana.

Jag lutar mig mot trädet och försöker komma på en sjukdom som jag skulle kunna dra på mig på riktigt runt den 10 december, något som är så pass allvarligt att man inte kan misstänka att det har något med mitt föredrag att göra. Det verkar osannolikt med stelkramp och tuberkulos med tanke på vaccinationer och så, benbrott är för smärtsamma (det vet jag eftersom jag bröt armen förra året när jag var med mina kusiner), och dessutom är det inte ens säkert att man får stanna hemma för det, hjärnhinneinflammation har fördelen att skolan måste stänga men man kan dö av det, och för att få körtelfeber måste man kyssa killar och det är inte aktuellt ännu. Kort sagt, även om jag dricker vatten ur rännstenen eller dyker med huvudet före ner i en soptunna kan jag inte vara säker på att dra på mig något överhuvudtaget. Och det är ingen idé att räkna med någon klassisk grej som förkylning eller halsfluss. Jag är sjuk en gång vart femte år och alltid när det är lov. Det återstår bara att hoppas på ett bombhot eller ett terroristattentat som kräver totalrenovering av skolan.

Det har precis ringt in. Eleverna börjar gå tillbaka till sina salar, de säger vi ses och skiljs åt med ett snabbt slag i handflatan, Lucas närmar sig, det ser nästan ut som om han är på väg mot mig, jag försöker hitta på något att göra för att verka obesvärad, jag kör ner händerna i fickorna, hur kommer det sig att det plötsligt är femtio grader varmt innanför kappan? Det skulle passa mig fint att vara utrustad med en *snabbnedkylningsfunktion.*

– Snacka om att du träffade mitt i prick med dina hemlösa! Marin kommer inte att släppa dig i första taget, det är den typen av ämnen som han går igång stenhårt på.

Jag är stum. Jag är en fisk. Mina neuroner måste ha smitit ut bakvägen, hjärtat bankar som om jag precis hade sprungit sexhundra meter, jag kan inte få fram ett ord, inte ens ja eller nej, jag är patetisk.

– Oroa dig inte, Smulan, jag är säker på att det kommer att gå jättebra. Du vet, jag hade honom förra året också. När det gäller föredragen är han schyst. Han tycker om när det är något utöver det vanliga. Och den är ju kanonbra, din intervjuidé. Hänger du med?

Jag följer honom i hälarna. Det är en speciell kille. Det visste jag från första början. Det beror inte bara på hans ilskna uppsyn, hans förakt eller hans värstingstil. Det beror på hans leende också, han har ett barns leende.

Bildläraren lämnar tillbaka våra arbeten från förra veckan. Jag tittar ut genom fönstret, jag tycker att molnen ser ut att falla fritt, det är vita avtryck överallt på himlen, det osar svavel och tänk om marken börjar skaka? Jag ska hålla ett föredrag.

En hög röst tvingar mig tillbaka till skolsalen. Men ingenting händer. Ingen storm eller orkan, ingen hotande naturkatastrof, Axelle och Léa skickar lappar till varandra under bänkarna, när jag känner efter luktar det bara pommes frites från skolmatsalen.

Nu måste jag helt enkelt läsa papperen som monsieur Marin har gett mig. Och övertala No att hjälpa mig.

DET ÄR EN GRÅ och regnig dag. Jag går direkt från metron till järnvägsstationen, jag känner igen No på långt håll där hon står framför tidningskiosken, hon tigger inte. När jag går fram till henne besvarar hon min hälsning med en grymtning, hon verkar vara på väldigt dåligt humör. Hon går med på att följa med och ta ett glas, jag är noga med att hålla fram plånboken och tydligt visa att det är jag som betalar. På baren får jag anstränga mig för att inte titta på hennes händer, jag kan inte hålla fötterna stilla, ser mig omkring efter en punkt där jag kan fästa blicken, fastnar vid de hårdkokta äggen på bardisken, jag tänker på det fyrkantiga ägg som jag och mina kusiner tillverkade förra sommaren, de hade hittat knepet i barntidningen *Pif Gadget*. Man skulle koka ägget, skala det medan det fortfarande var varmt, stoppa det i en pappform som vi gjort efter en modell i tidningen och låta det stå ett dygn i kylskåpet. Det är sant att ett fyrkantigt ägg ger ett konstigt intryck, så är det med allt som vi inte är vana vid, jag tänker på andra saker som teleskopgafflar, genomskinlig frukt, lösbröst, men No sitter mitt emot mig och ser trumpen ut, så det är inte läge att vara splittrad, jag måste komma till saken, det skulle passa mig fint om jag var utrustad med en *tillbaka till verkligheten genast*-knapp.

– Jag ville träffa dig för jag vill be dig om en sak (det är inledningen, jag har förberett mig).

– Jaha?

– Jag ska hålla ett föredrag på SO:n ...

– Vad är det för nåt?

– Samhällsorienterande ämnen. Man studerar rätt mycket olika grejer, till exempel den ekonomiska situationen i Frankrike, börsen, tillväxten, samhällsklasser, de allra fattigaste och så ... Fattar du?

– Mmm.

– Föredrag är faktiskt det värsta jag vet, jag menar jag är verkligen skitskraj och läraren är inte speciellt snäll. Problemet är att jag sa att jag skulle prata om hemlösa ... Nånting som till exempel förklarar, öh ... hur (nu går jag rakt på kärnan, den känsliga biten, och jag minns inte alls vad jag hade tänkt säga, det är alltid samma sak när jag blir nervös) ... hur kvinnor, speciellt unga tjejer, blir hemlösa. Som du.

– Jag sa ju att jag sover hos polare.

– Ja, självklart, jag vet, men jag menade alltså kvinnor som är hemlösa ...

– Har du sagt nåt om mig?

– Nej ... Eller jo ... Inte om dig, inte ditt namn förstås, men jag har sagt att jag ska göra en intervju.

– En intervju?

Hon spärrar upp ögonen och drar automatiskt undan hårslingan som alltid faller ner i ögonen på henne.

– Jag skulle gärna vilja ha en öl till.

– Okej, inga problem (jag har kommit igång, jag får inte komma av mig nu, inte tappa tråden, jag måste knyta ihop det), så om du är med på det, skulle jag kunna ställa lite frågor till dig, det skulle illustrera ämnet, som ett vittnesmål, förstår du?

– Jag förstår mycket väl.

Det är inte i hamn. Hon vinkar åt kyparen, han nickar på håll.

– Skulle du vara med på det?

Hon svarar inte.

– Du skulle helt enkelt kunna berätta hur du gör, du vet, för att skaffa mat, hitta nånstans att sova, eller så kan vi prata om andra människor som du känner som är i samma situation.

Fortfarande ingen reaktion.

– Och så kommer jag tillbaka och träffar dig. Och vi kan ta ett glas.

Kyparen ställer ner ölen på bordet, han vill *ta betalt genast*, jag har märkt att kypare har ett eget språk, de avslutar sitt pass så de vill *ta betalt genast*, oavsett om de fortfarande är kvar två timmar senare, det är samma sak överallt i Paris. Jag lämnar fram min femeurosedel, No sänker blicken och jag passar på att studera henne ordentligt. Om man bortser från de svarta ränderna i ansiktet och på halsen och det smutsiga håret är hon väldigt söt. Om hon vore ren, välklädd och snygg i håret, och om hon inte vore så trött, skulle hon kanske till och med vara sötare än Léa Germain.

Hon tittar upp igen.
– Vad får jag i utbyte?

Klockan är mycket och pappa är säkert orolig, jag tar den kortaste vägen hem, vårt samtal går i repris i mitt huvud, det är lätt för jag registrerar allt, minsta suck, jag vet inte hur det kommer sig men det har jag gjort ända sedan jag var liten, orden präntas in i mitt minne som på ett magnetband och lagras där i flera dagar, och vartefter raderar jag det som måste bort för att minnet inte ska bli överfullt. Middagen är färdig, bordet dukat. Mamma har gått och lagt sig. Pappa ställer fram maten och serverar mig innan han häller upp vatten i våra glas, jag märker nog att han är ledsen, han anstränger sig för att låta glad men det klingar falskt. Det hör till det jag kan känna; hur rösterna låter när folk ljuger, orden som svär emot känslorna, jag kan känna pappas och mammas bedrövelse, som djupa dyningar. Jag tuggar i mig fiskpinnarna och potatismoset och försöker le lugnande. Pappa är mycket skicklig på att konversera och ge sken av att det händer saker när det i själva verket inte händer någonting. Han är bra på att ställa frågor som han själv besvarar, sätta ny fart på diskussionen, göra utvikningar och gå vidare, ensam i mammas tystnad. I vanliga fall försöker jag hjälpa honom, se glad ut, delta, jag ber om förklaringar och exempel, jag driver resonemangen vidare och försöker hitta motsägelser, men den här gången kan jag inte det, jag tänker på mitt föredrag, på Lucas, på No och allt blandas samman i en och samma skräckkänsla, han pratar om sitt arbete, om en nära förestående resa, jag stirrar på kökstapeten, teckningarna jag gjorde som liten på väggen och den stora ramen med foton av oss tre, foton från förr.

– Du förstår, Lou, att det kommer att ta tid innan vi får tillbaka mamma som hon var förr. Lång tid. Men du ska inte oroa dig. Vi ska klara det.

När jag ligger i min säng tänker jag på No, på hålen som jag räknade i jackan. De är fem: två brännhål och tre revor.

När jag ligger i min säng tänker jag på Lucas och hör för mitt inre öra hur han säger:

– Oroa dig inte, Smulan, jag är säker på att det kommer att gå jättebra.

när jag var liten brukade jag stå i timmar framför spegeln och försöka trycka in mina öron. Jag tyckte att jag var ful, undrade om det gick att göra något åt det, till exempel genom att stänga in dem i en badmössa varje dag, sommar som vinter, eller i en cykelhjälm, mamma hade förklarat för mig att jag sov på sidan när jag var baby med örat vikt åt fel håll. När jag var liten ville jag vara ett rödljus i den största gatukorsningen, jag tyckte ingenting kunde vara värdigare och mer respektabelt än att styra trafiken, växla från rött till grönt och från grönt till rött för att skydda folk. När jag var liten brukade jag titta på när mamma sminkade sig framför spegeln, jag följde varenda gest, den svarta pennan, mascaran och läppstiftet, jag andades in hennes parfym, jag visste inte att det var så bräckligt, jag visste inte att saker och ting kunde upphöra så där så att det aldrig blev detsamma igen.

När jag var åtta år blev mamma gravid. Pappa och hon hade länge försökt få ett barn till. Hon hade varit hos gynekologen, ätit medicin, fått sprutor och till slut lyckades det. Jag hade studerat fortplantning, livmodern, äggen, spermierna och allt sådant där i uppslagsboken om däggdjur, så jag kunde ställa detaljerade frågor. Läkaren hade talat om provrörsbefruktning (jag hade tyckt det var läckert att få en bror eller syster som hade kommit till i ett provrör) men när allt kom omkring hade de inte behövt göra det, för mamma blev gravid precis när de hade börjat ge upp hoppet. Dagen då hon fick beskedet drack vi champagne, höjde våra glas och skålade. Vi pratade inte om det innan de tre första månaderna hade gått, de tre månader då mammor riskerar att förlora sitt barn. Jag var säker på att det skulle gå bra, jag följde embryots tillväxt i min uppslagsbok, de olika etapperna i utvecklingen och så, jag studerade bilder och gjorde kompletterande research på nätet. Efter några veckor kunde vi berätta det för alla och börja förbereda oss. Pappa flyttade sitt kontor till vardagsrummet för att vi skulle få ett rum ledigt, vi köpte en spjälsäng åt babyn som var en flicka. Mamma tog fram kläderna jag haft som liten, vi sorterade dem tillsammans, lade allting i prydliga travar i den stora lackade byrån. Den sommaren reste vi till bergen, jag minns mammas mage i den röda baddräkten vid poolen, hennes långa hår som fladdrade i vinden och hur hon tog siesta i skuggan av ett parasoll. När vi kom hem till Paris var det bara två eller tre veckor kvar till förlossningen. Jag tyckte det var helt otroligt att tänka sig att det skulle komma ut en baby ur mammas mage och att det kunde sätta igång så där plötsligt utan förvarning, trots att jag hade läst mycket i hennes böcker om graviditet och trots att alltihop kunde förklaras vetenskapligt. En kväll åkte de till BB. De lämnade mig hos grannen mitt emot över natten, pappa bar väskan med små pyjamasar, sockor och så som vi hade förberett tillsammans och det syntes att de var lyckliga. Tidigt på morgonen dagen efter ringde han, min syster var född. Dagen efter kunde jag gå dit och se henne, hon sov i en liten genomskinlig plastsäng på hjul bredvid mamma.

Jag vet att man skickar upp överljudsplan och raketer i rymden, att man kan identifiera en brottsling utifrån ett hårstrå eller en pytteliten hudpartikel, skapa en tomat som klarar sig tre veckor i kylskåpet utan att bli det minsta rynkig, och att man får in miljarder data i ett mikrochips. Men ingenting, inget av allt det som finns och som ständigt utvecklas kan förefalla mer otroligt, mer imponerande än det här: Thaïs hade kommit ut ur mammas mage.

Thaïs hade mun, näsa, händer, fötter, fingrar och naglar. Thaïs öppnade och slöt ögonen, gäspade, sög på mammas bröst och viftade med sina små armar, och detta finmekaniska maskineri hade tillverkats av mina föräldrar.

Ibland när jag är ensam hemma tittar jag på fotona, de allra första. Där är Thaïs i min famn, Thaïs som sover vid mammas bröst, vi fyra tillsammans på sängen på BB – det är min farmor som har tagit bilden, den är lite sned, man ser rummet i bakgrunden, de blåa väggarna, presenterna och chokladaskarna. Och mammas ansikte – huden är otroligt slät – och hennes leende. När jag rotar i den lilla träkistan där fotona ligger bultar hjärtat så hårt att det känns som om bröstet ska sprängas. Mamma skulle bli galen om hon kom på mig.

Efter några dagar kom de hem. Jag tyckte om att byta på Thaïs, bada henne och försöka trösta henne när hon grät. Jag skyndade mig hem från skolan för att få vara med henne. När hon började med nappflaska brukade jag sätta mig i soffan med en kudde under armen och ge henne kvällsmaten, man måste se upp för luftbubblor och hålla koll på flödet i nappen, det minns jag.

De stunderna tillhör oss inte längre, de är instängda i en låda, undangömda längst in i en garderob, utom räckhåll. De stunderna har stelnat som på ett vykort eller i en kalender, till slut kanske färgerna försvinner, bleks, de är förbjudna att minnas och nämnas.

En söndagsmorgon hörde jag mamma skrika, ett skrik som jag aldrig kommer att glömma.

Än i dag när jag låter tankarna vandra, när jag inte övervakar vilken väg de tar, när de svävar runt i skallen för att jag är uttråkad, när tystnaden omkring mig drar ut på tiden, då kommer skriket tillbaka och sliter sönder mitt inre.

Jag sprang in i rummet, jag såg hur mamma skakade Thaïs och vrålade, jag förstod inte, hon kramade henne hårt mot bröstet, skakade henne på nytt, kysste henne, Thaïs blundade och pappa höll redan på att ringa efter en ambulans. Och sedan gled mamma ner på heltäckningsmattan, hon kröp ihop på knä över babyn, hon grät och sade nej, nej, nej. Jag minns att hon bara hade behå och trosor på sig, jag tänkte att det inte var rätt klädsel att ta emot folk i, men samtidigt förstod jag att något höll på att hända, något oåterkalleligt, läkarna kom snabbt, de undersökte Thaïs och jag vet att mamma såg i deras ögon att det var slut. Det var i den stunden som pappa blev medveten om att jag var där, han tog mig avsides, han var blek och läpparna darrade. Han kramade mig hårt utan ett ord.

Så var det meddelanden om dödsfallet, viskande samtal, otaliga telefonsamtal, brev, begravning. Och sedan ett tomrum, ett stort svart hål. Vi grät inte speciellt mycket, jag menar tillsammans, kanske borde vi ha gjort det, kanske hade det varit lättare i dag då. Livet gick vidare som förut, med samma rytm, samma tider, samma vanor. Mamma var där med oss, hon lagade mat, tvättade, hängde tvätt, men det var som om en del av henne hade försvunnit bort med Thaïs till ett ställe som bara hon kände till. Hon förlängde sin första sjukskrivning med en andra period och sedan ännu en, hon kunde inte arbeta längre. Jag gick i femman, lärarinnan bad att få träffa pappa för hon tyckte att jag betedde mig *onormalt* för ett barn i min ålder. Jag var med under samtalet, hon sade att jag var en inbunden enstöring, att jag visade prov på en *oroande mognad*, jag minns de orden, hon anspelade på Thaïs plötsliga död, hela skolan visste, hon sade att det var ett allvarligt trauma för en familj, att alla riskerade att gå förlorade och att vi måste få hjälp. Det var hon som rådde pappa att ta med mig till en psykolog. Det var därför som jag gick till madame Cortanze varje onsdag resten av året. Hon lät mig göra IQ-tester och andra tester med konstiga namn eller initialer som jag har glömt. Jag gick dit utan att släpa fötterna efter mig, för att göra pappa glad, jag vägrade att rita teckningar och alla andra sådana grejer som man låter barn göra hos psykologer för att lista ut vad de tänker på utan att tänka på det eller utan att veta om det, men jag gick med på att prata. Madame Cortanze nickade uppmuntrande, avbröt mig sällan, och jag redogjorde för mina teorier om världen, det var då jag började: teorin om delmängder, teorin om det oändligt dumma, teorin om polokragar, ekvationer utan obekanta variabler, synliga och osynliga segment och så vidare. Hon lyssnade verkligen, kom alltid ihåg vad jag hade sagt gången innan, kastade sig in i jämförelser eller slutledningar, och jag nickade i min tur, för att inte reta upp henne eller göra henne ledsen, för madame Cortanze hade en otrolig knut sittande uppe på huvudet med en höjd som tveklöst var nästintill magisk.

Mamma blev sjuk. Vi såg henne glida bort mer och mer och vi kunde inte hålla henne kvar, vi sträckte ut handen utan att nå henne, vi skrek utan att hon tycktes höra. Hon slutade prata, gå upp, gick inte ur sängen på hela dagen eller satt i den stora fåtöljen i vardagsrummet och halvsov framför teven. Ibland smekte hon mig över håret eller kinden, med blicken stirrande ut i tomma intet, ibland kramade hon min hand, så där, utan anledning, ibland kysste hon mina ögonlock. Hon åt inte med oss längre. Hon höll inte ordning hemma. Pappa pratade med henne i timmar, ibland blev han arg på henne, jag hörde höjda röster, jag försökte urskilja orden och bönerna, jag tryckte örat mot väggen, jag somnade så, sittande i sängen, och vaknade med ett ryck när jag föll omkull.

Sommaren efter strålade vi samman med några vänner vid havet. Mamma stannade inomhus nästan hela tiden, hon tog aldrig på sig baddräkten eller sandalerna med den stora blomman mitt på, jag tror att hon klädde sig likadant varenda dag, om hon kom ihåg att klä på sig. Det var varmt det året, en konstig, fuktig värme, klibbig och så, och pappa och jag försökte hålla humöret uppe, försökte hitta tillbaka till semesterstämningen från förr, men vi var inte starka nog.

Nu vet jag bestämt att man inte kan jaga bort bilderna, än mindre de osynliga hål som urholkar magen, man kan varken jaga bort resonansen eller minnena som vaknar i skymningen eller i gryningen, man kan inte jaga bort ekot av skrik, än mindre av tystnad.

Sedan var jag som vanligt en månad hos farmor och farfar i Dordogne. Mot slutet av sommarlovet kom pappa dit också, han hade viktiga saker att säga mig. Mamma hade blivit inlagd på en klinik som var specialiserad på djupa depressioner och jag var inskriven på en skola i Nantes som var specialiserad på intellektuellt brådmogna barn.

Jag frågade pappa vad han hade tänkt specialisera sig i. Han log och kramade om mig.

Jag var i Nantes i fyra år. När jag tänker på det nu verkar det länge, jag menar om man räknar ett, två, tre, fyra skolår, som vart och ett motsvarar ungefär tio månader, med vardera trettio eller trettioen dagar, så verkar det jättelångt, och då räknar jag varken timmarna eller minuterna. Ändå har den tiden utplånat sig själv, den är tom som ett oskrivet blad i en anteckningsbok, det betyder inte att det inte finns några minnen, bara att färgerna är missvisande, blekta, som på ett överexponerat foto. Jag åkte hem till Paris varannan helg. I början hälsade jag på mamma på sjukhuset, det gjorde mig beklämd och rädslan växte till en klump i magen. Hennes blick var glasartad som hos en död fisk och ansiktet var stelt där hon satt framför teven i sällskapsrummet. Jag kände igen henne på långt håll, en kutryggig gestalt, händerna skakade men pappa försökte lugna mig med att det var biverkningar av alla läkemedel hon fick, och läkarna var hoppfulla, hon hade blivit bättre. Senare blev hon utskriven, pappa och hon kom och hämtade mig på Gare Montparnasse, de väntade på mig i änden av perrongen, jag försökte vänja mig vid hennes silhuett på avstånd där hon stod orörlig, knäckt, vi pussade varandra utan att visa några känslor, pappa tog min väska och vi gick mot rulltrappan, jag insöp doften av Paris i djupa andetag innan vi satte oss i bilen. Dagen efter skjutsade de mig till stationen, tiden hade gått så snabbt, jag måste åka tillbaka.

I flera veckor drömde jag att pappa en söndagskväll skulle säga att det inte gick längre, att jag måste stanna hos dem, att jag inte kunde bo så långt borta och att han skulle vända innan vi hann fram till stationen. I flera veckor drömde jag att han skulle säga att det var absurt eller att det var löjligt eller att det gjorde för ont, vid sista rödljuset eller när han stängde av motorn.

I flera veckor drömde jag att han en söndag skulle stå på, trampa gasen i botten och slunga oss alla tre in i väggen på parkeringen, förenade för alltid.

Till slut fick jag komma hem till Paris för gott, till en barnkammare som jag vuxit ifrån, och jag bad mina föräldrar att skriva in mig på ett vanligt gymnasium för normala elever. Jag ville att livet skulle bli som förut, när allt verkade lätt och rullade på utan att man tänkte på det, jag ville inte att någonting skulle skilja oss från andra familjer där föräldrarna uttalade mer än fyra ord om dagen och där barnen inte tillbringade sin tid med att grubbla över fel frågor. Ibland tänkte jag att Thaïs också måste ha varit intellektuellt brådmogen, hon lade ner hela grejen för att hon förstod vilket helvete det skulle bli, och mot det finns det inget att göra, inget botemedel, inget motgift. Jag skulle bara vilja vara som andra, jag avundas dem deras otvungenhet, deras skratt och deras historier, jag är säker på att de har något som jag saknar, jag letade länge i ordboken efter ett ord som skulle beskriva sorglösheten, självförtroendet och så, ett ord med stora bokstäver som jag kunde klistra in i min anteckningsbok, som en besvärjelse.

Hösten har kommit och vi försöker få ordning på livet igen. Pappa har bytt arbete, han har låtit måla om väggarna i köket och vardagsrummet. Mamma mår bättre. Han säger det när någon ringer. Ja, ja, Anouk mår bättre. Hon börjar återhämta sig. Mer och mer. Ibland får jag lust att slita luren ur handen på honom och vråla nej för full hals, Anouk mår inte bättre, Anouk är så långt ifrån oss att vi inte kan prata med henne, Anouk känner knappt igen oss, i fyra år har hon levt oåtkomlig i en parallell värld, en slags fjärde dimension, och hon struntar fullständigt i om vi är vid liv eller ej.

När jag kommer hem brukar jag hitta henne i fåtöljen mitt i vardagsrummet. Hon tänder inte, från morgon till kväll sitter hon där orörlig, det vet jag, hon lägger ett täcke över knäna och väntar på att tiden ska gå. När jag kommer reser hon sig, gör en rad rörelser, förflyttar sig, av vana eller per automatik, tar fram ett kakpaket ur skåpet, ställer fram glas på bordet, sätter sig bredvid mig utan att säga något, plockar undan disken och torkar av bordet. Frågorna är alltid desamma, har du haft det bra i dag, har du mycket att göra, du frös inte i din jacka, hon lyssnar på mina svar med ett halvt öra, vi befinner oss mitt i ett rollspel, hon är modern och jag dottern, var och en respekterar sin text och följer anvisningarna.

Hon tar aldrig i mig längre, hon rör aldrig vid mitt hår eller smeker min kind, hon lägger aldrig armen om axlarna eller midjan på mig, håller mig aldrig tätt intill sig.

JAG RÄKNAR EN, två, tre droppar, jag tittar på när det ockrafärgade molnet löses upp i vattnet, som färgen i en pensel i botten på ett glas, det sprids efter hand, ger vätskan färg, försvinner. I många år har jag varit *sömnlös*, ett ord som rimmar på nervös, komatös, oseriös, kort sagt ett ord som säger att jag har en skruv lös. Jag sväljer örtkapslar efter middagen på kvällen, och när det inte räcker får jag *Rivotril* av pappa, ett läkemedel som drar ner en i ett svart hål, ett hål där man inte längre tänker på någonting. Jag ska ta så lite som möjligt av det eftersom det är beroendeframkallande, men ikväll håller sig sömnen undan, jag har försökt i timmar, jag har räknat allt som går att räkna, tänderna hos ett får, John Blunds hårstrån, hans fräknar och födelsemärken, jag är laddad som ett batteri under täcket, jag känner hjärtat slå i halsen, det är för många ord som snurrar i huvudet och brakar in i varandra som i en gigantisk seriekrock, förvirrade fraser slåss om att stå längst fram på scenen och fåren bräker i kör i bakgrunden, mademoiselle Bertignac, ni får tänka på att nämna frivilligorganisationen för hemlösa, SAMU:s socialjour,

Smulan, vet du att du liknar Tingeling med den där mössan, är det dags att komma hem nu, nej jag vill inte att du spelar in, en öl tack, mesdemoiselles jag vill ta betalt, nej i morgon kan jag inte, i övermorgon om du vill, paraplyer tjänar inget till för jag tappar bara bort dem, men lämna plats åt avstigande innan ni går på.

Jag vet inte vad det var som fick henne att ge efter till slut. Jag gick tillbaka några dagar senare, hon hängde utanför järnvägsstationen, mitt emot närpolisstationen finns det ett stort läger med hemlösa, med tält, kartonger och madrasser och så, hon stod där och pratade med några. Jag gick fram, hon presenterade dem först för mig med högtidlig min, rak i ryggen, Roger, Momo och Michel, sedan slog hon ut med handen och sade: Lou Bertignac som är här för att intervjua mig. Momo garvade, han hade inte många tänder kvar, Roger sträckte fram handen och Michel surade. Roger och Momo ville att jag skulle intervjua dem också och skrattade åt det, Roger höll fram näven som en mikrofon under hakan på Momo, jaha Momo, hur länge sedan var det du badade sist, jag kände mig obekväm men försökte se glad ut, jag förklarade att det var ett skolarbete (så att de inte inbillade sig att de skulle få vara med i nyheterna på teve) och att jag bara skulle intervjua kvinnor. Roger sade att allt det där var den värdelösa regeringens fel och att det bara var skit med alla politiker, jag nickade för det var bäst att hålla med, han tog fram en gammal torkad korvbit ur en plastpåse och skar upp några skivor som han bjöd på laget runt, utom till Momo (antagligen för att han inte kunde äta den med så få tänder).

Jag vågade inte tacka nej, trots att jag måste erkänna att jag inte hade minsta lust, men jag var så rädd att såra honom att jag svalde den nästan hel, utan att tugga, det smakade härsket, jag tror aldrig jag har ätit något så äckligt, och då äter jag ändå i skolmatsalen.

Vi gick bort till baren, No och jag, jag sade att hennes kompisar var trevliga, hon hejdade sig och sade: när man lever ute har man inga vänner. På kvällen när jag kom hem skrev jag upp meningen i min anteckningsbok.

Vi stämmer träff en gång i taget, ibland kommer hon, ibland kommer hon inte. Jag tänker på det hela dagen, jag väntar otåligt på att lektionen ska ta slut och så fort det ringer ut skyndar jag mig ner i metron, alltid lika rädd att jag inte ska få träffa henne igen, rädd att hon ska ha råkat ut för något.

Hon har nyligen fyllt arton och i slutet av augusti lämnade hon ett akuthem där hon var i några månader tills hon inte var minderårig längre, hon är hemlös men hon tycker inte om att man säger det, vissa ord vägrar hon uppfatta, jag är försiktig, för om hon blir arg säger hon inget mer, hon biter sig i läppen och tittar ner i golvet. Hon tycker inte om vuxna, hon litar inte på dem. Hon dricker öl, biter på naglarna och släpar en resväska med hjul efter sig som innehåller allt hon äger, hon röker de cigaretter som hon får av andra, köper rulltobak när hon har råd med det, blundar när hon vill dra sig undan världen. Hon sover här och där, hos en tjejkompis som hon träffade när hon gick på internat och som arbetar i charkdisken på Auchan i Porte de Bagnolet, hos en tågkontrollant som ger henne husrum då och då, hon våldgästar folk till höger och vänster, hon känner en kille som har lyckats lägga vantarna på ett tält från Läkare i Världen och sover ute, ett par gånger har hon sovit hos honom, utan att han krävt något i gengäld, hon sade om du är på Rue de Charenton kan du se hans tält mitt emot nummer tjugonio, det är där han håller till. När hon inte har någonstans att sova ringer hon till socialjouren för att få plats på ett natthärbärge, men de flesta är bara öppna på vintern.

På Relais d'Auvergne har vi vårt eget bord, lite avsides, våra egna vanor och tystnader. Hon dricker en öl eller två, jag tar en cocacola, jag kan de gulnade väggarna utan och innan, den flagnande färgen, vägglamporna i slipat glas, ramarna med de gamla bilderna, kyparens irriterade uppsyn, jag känner No, hennes sätt att sitta och balansera, hennes tvekan och hennes blygsel, energin hon lägger ner på att verka normal.

Vi sätter oss mitt emot varandra, jag ser hur trött hon är, tröttheten är som en grå slöja över ansiktet, den omsluter henne och skyddar henne kanske. Hon har till slut gått med på att jag antecknar. I början vågade jag inte ställa några frågor, men nu sätter jag igång och jag ansätter henne, jag frågar när, varför, hur, hon är inte alltid samarbetsvillig, men ibland funkar det och hon berättar på riktigt, med sänkt blick och händerna under bordet, och ibland ler hon. Hon berättar om rädslan, kylan, irrandet. Om våldet. Om resorna fram och tillbaka på samma linje i metron, för att slå ihjäl tiden, timmarna hon tillbringar på kaféer med en tom kopp, kyparen som kommer tillbaka fyra gånger för att fråga om *mademoiselle önskar beställa något mera*, om tvättomaterna där det är varmt och där man får vara ifred, om biblioteken, framför allt det i Montparnasse, om daghärbärgena, stationerna och parkerna.

Hon berättar om livet, sitt liv, om timmarna hon tillbringar med att vänta och rädslan om nätterna.

Jag lämnar henne på kvällen utan att veta var hon sover, för det mesta vägrar hon svara mig, ibland reser hon sig plötsligt för att hon måste rusa till andra änden av Paris för att ställa sig i kö, innan härbärget stänger, och få en kölapp. Hon duschar i ett duschrum som är nergrisat av andra och letar sig fram till en säng i en sovsal där täckena är fulla av loppor eller löss. Ibland vet hon inte var hon kommer att hamna, för att hon inte har lyckats komma fram till socialjouren som nästan alltid är nedringd, eller för att de inte har någon sängplats kvar. Jag låter henne gå sin väg med resväskan på släp, i den fuktiga höstkvällen.

Ibland lämnar jag henne framför ett tomt ölglas, jag reser mig, sätter mig ner igen, dröjer mig kvar, jag letar efter något som skulle kunna trösta henne men hittar inga ord, jag kan inte förmå mig till att gå, hon sänker blicken, säger inget. Och vår tystnad tyngs av all världens vanmakt, vår tystnad är som en återgång till sakernas ursprung, till dess sanning.

JAG HADE TROTT mig förstå att hon väntade sig något i utbyte. Första gången jag räckte henne paketet som jag hade gjort i ordning blev hon plötsligt likblek och sade: vad tror du egentligen? Jag ville ge henne min mössa, mitt paraply, min MP3-spelare och till och med pengar. Hon vägrade. Hon går bara med på att jag betalar det hon dricker. Några veckor nu har jag gett henne exakt samma belopp i förväg till nästa gång, för att hon ska kunna vänta på mig på baren. Det börjar faktiskt bli kallt ute. Men båda gångerna har hon gjort av med pengarna på annat, fast kyparen känner igen oss vid det här laget och låter henne slå sig ner och beställa. Jag har sagt till mina föräldrar att jag förbereder ett föredrag tillsammans med Léa Germain och att jag går hem till henne och arbetar. De är glada över att jag har fått en vän, de tycker att det är positivt. Eftersom jag har slösat bort pengarna som jag fick av farmor när jag fyllde år (det var meningen att jag skulle köpa en *Encyclopedia Universalis* på cd-rom) låtsas jag att jag går på bio med mina klasskompisar – åtta euro varje gång – och när jag kommer hem återger jag scener med massor av påhittade detaljer, för mina föräldrar går ändå aldrig på bio, och så berättar jag vad jag tycker om filmen, jag hämtar info i gratistidningarna i metron, *20 minutes* eller *À Nous Paris*, jag broderar ut och lägger till min personliga touche.

Vi träffas på baren. Det börjar bli farligt för No på stationen, hon kan inte stanna flera dagar i rad på samma ställe. Det är en del av hennes liv. Slå sig ner. Ge sig av igen. På gatorna finns det regler och faror. Det är säkrast att inte dra till sig uppmärksamhet. Se ner i marken. Smälta in i omgivningen. Inte inkräkta på grannens område. Undvika blickar.

På gatorna är hon bara ett byte.

I dag berättar hon om hur tiden stannar upp, står stilla, om alla de timmar då hon måste hålla sig i rörelse för att inte bli nedkyld, hur hon brukar gå in på Monoprix eller på de stora varuhusen, där hon går och skrotar på olika avdelningar, vilka strategier hon använder för att inte bli upptäckt och hur vakterna mer eller mindre omilt slänger ut henne. Hon beskriver alla osynliga ställen som hon känner till, källare, parkeringshus, lagerbyggnader, industrilokaler, övergivna byggarbetsplatser och bodar. Hon tycker inte om att prata om sig själv. Hon gör det genom andras liv, dem hon möter, dem hon slår följe med, hon berättar hur de driver runt vind för våg, hur våldsamma de blir ibland, hon berättar om kvinnorna, hon understryker att de inte är några luffare, nej, inga galningar, skriv upp det, Lou, säger hon, det är normala kvinnor som har förlorat sina jobb eller som har flytt hemifrån, misshandlade eller jagade kvinnor som är inhysta på natthärbärgen eller bor i sina bilar, kvinnor som man inte ser när man möter dem, som bor på lopphotell, som köar varje dag för att få mat till sina familjer och väntar på att Les Restos du Cœur ska öppna igen.

En annan gång pratar hon om en kille som förföljde henne en hel dag, hon visste inte hur hon skulle bli av med honom, han satte sig bredvid henne på en bänk vid Saint-Martin-kanalen, när hon reste sig följde han efter henne, på rätt nära håll, hon hoppade över spärrarna i metron, smög sig in bakom grinden, och han gjorde likadant, hon sade: det märktes att han inte hade något bättre för sig, det var en riktig liten gangster, jag känner igen dem på flera tusen meters avstånd, jag lovar. Till slut förolämpade hon honom mitt på gatan, hon skrek så högt att han vände och gick. Hon är alert, på sin vakt, hon tål inte att folk tittar på henne, det är likadant på baren, om någon vänder sig om dröjer det inte länge förrän hon slänger ur sig: vill du ha ett foto av mig eller är det nåt fel på mitt nylle? Det är något hos henne som gör intryck, något som framkallar respekt, i allmänhet reser sig folk och går muttrande sin väg, en gång mumlade en karl stackars tjej eller något i den stilen, då reste sig No och spottade på golvet framför honom, och hennes blick var så aggressiv att han gick sin väg direkt.

En annan dag berättar hon om en kvinna som sover i bortre änden av Rue Oberkampf, hon vägrar flytta på sig, hon slår sig ner där varje kväll, med en sex, sju plastpåsar, breder ut sovsäcken utanför blomsteraffären och placerar varsamt ut påsarna runt om, hon sover där oskyddad varje natt. Jag undrar hur gammal hon är, No vet inte, hon säger minst femtio bast, hon såg henne komma ut från en organisation som hjälper fattiga över femtio häromdagen, hennes fötter var så uppsvällda att hon knappt kunde gå och tog sig fram med små, små steg, dubbelvikt och alldeles krokig, No hjälpte henne att bära plastpåsarna till hennes plats, kvinnan sade tack så hemskt mycket, och No tillade: du skulle höra hur hon pratar, hon låter som en programledare på teve.

Igår när hon var på soppköket Soupe Saint-Eustache blev det bråk mellan två kvinnor om en halvrökt fimp på marken, de slogs på liv och död och när man lyckades skilja dem åt hade den yngsta av dem en stor hårtest i ena näven och den andra blödde från munnen. För första gången förvrängs Nos röst, hon blir tyst, hon har massor av bilder på näthinnan och jag ser att det gör ont, såna blir vi, säger hon, som djur, som nåt slags jävla djur.

Hon beskriver sina dagar, vad hon ser och vad hon hör, jag lyssnar andäktigt, jag vågar knappt andas. Det är en gåva hon ger mig, det är jag säker på, det är hennes sätt att ge mig något, med sin ständigt tjuriga min och äcklade uppsyn, och de hårda ord hon uttalar ibland; låt mig vara, lämna mig i fred eller vad tror du (det är en fråga utan att vara det, som ofta återkommer, som om hon sade: vad tror du, vad tror du på, tror du på Gud?). Det är en ovärderlig gåva, en betydelsefull gåva som jag är rädd att jag inte har förtjänat, en gåva som förändrar färgerna i världen, en gåva som ifrågasätter alla teorier.

DET ÄR EN decemberdag när himlen är låg och tung som i poesin, barens fönster är immiga och ute öser regnet ner. Det är två dagar kvar till mitt föredrag, jag har fyllt en hel anteckningsbok, jag skriver så fort jag kan, jag är rädd att det är sista gången, jag är rädd för det ögonblick då vi ska skiljas, jag känner att det saknas något, något viktigt, jag vet ingenting om hennes familj eller om hennes föräldrar, varje gång jag har försökt har hon låtsas som om hon inte hör eller att hon är för trött eller också har hon rest sig och sagt att hon måste gå. Det enda jag har lyckats få reda på är att hennes mamma bor i Ivry. Hon har aldrig tagit hand om sin dotter. No blev placerad i en fosterfamilj när hon var tolv. Hon har träffat sin mamma tre, fyra gånger sedan dess men det var länge sedan. Det sägs att hon har fått en son. Att hon har börjat ett nytt liv.

Ikväll är det för sent, det är för sent för allt, det är det jag tänker, det är det som ständigt återkommer i mina tankar, *det är för sent för henne*, och jag måste åka hem.

I vilket ögonblick blev det försent? Hur länge har det varit försent? Var det försent redan första dagen jag såg henne, eller för ett halvår, två år, fem år sedan? Kan man göra något åt det? Hur kommer det sig att man vid arton års ålder blir hemlös, utan att ha någonting, utan en enda människa? Är vi så små, så oändligt små, att världen som är så oändligt stor fortsätter snurra och skiter fullständigt i var vi sover? Det var sådana frågor jag försökte besvara. Min anteckningsbok är full, jag har gjort ytterligare efterforskningar på internet, jag har samlat artiklar, nosat upp undersökningar, sammanfattat siffror, statistik, tendenser, men ingenting av det betyder något, ingenting av allt detta är begripligt, inte ens med världens högsta IQ, jag sitter där med krossat hjärta, stum, mitt emot henne och jag har inga svar, jag sitter där som förlamad, när jag bara hade behövt ta hennes hand och säga följ med mig hem.

Jag antecknar några saker på sista sidan och försöker se obesvärad ut. Hon sitter tyst, klockan är sex. Det är kanske sista gången, och hon har inget som väntar henne, inget mer, inga planer, ingenstans att ta vägen, ingen utväg, hon vet inte ens var hon ska sova i natt, jag ser att hon också tänker på det, ändå säger hon ingenting. Jag reser mig till slut.

– Då så, jag måste gå.
– Okej.
– Sitter du kvar?
– Ja, jag sitter kvar en stund.
– Vill du beställa in något mer?
– Nej, det är bra.

– Kommer du ... kommer du att vara på stationen ibland?

– Kanske det, jag vet inte.

– Kan vi ses på tisdag, vid samma tid? Då kan jag berätta hur det gick med mitt föredrag.

– Ja då, om du vill.

Det snurrar i huvudet på mig när jag går ner i metron, det är en rädsla som är mycket starkare än inför ett föredrag i skolan, en rädsla som är större än den jag skulle känna om jag var tvungen att hålla ett föredrag i veckan under resten av mitt liv, en rädsla som inte har något namn.

DET FINNS EN osynlig stad mitt i staden. Där är kvinnan som sover på samma ställe varje natt, i en sovsäck omgiven av sina påsar. Direkt på trottoaren. Där är männen under broarna, på stationerna, människorna som ligger på kartonger eller ihopkrupna på en bänk. En dag börjar man se dem. På gatorna, i metron. Inte bara de som tigger. De som försöker dölja det också. Man känner igen dem på hur de går, på den oformliga kavajen, den trasiga tröjan. En dag fäster man sig vid en silhuett, en person, man ställer frågor, man försöker hitta orsaker, förklaringar. Och så räknar man. De där andra, de är flera tusen. Som ett symtom på hur sjuk världen är. *Saker och ting är som de är.* Men jag tror att man måste ha ögonen vidöppna. Som ett första steg.

Ja, det är min slutsats. En blick på klockan, jag har inte dragit över tiden. Jag måste vara ungefär lika röd som min tröja, jag stirrar i golvet, jag vågar inte titta på monsieur Marin, jag plockar ihop papperen som jag har spridit ut på katedern, jag måste gå tillbaka till min plats men är inte säker på att jag klarar det, när jag är upprörd blir benen som spagetti, varför säger de inget, varför blir det helt plötsligt så tyst, har alla dött, sitter de och skrattar utan att jag hör något, har jag blivit stendöv, jag vågar inte lyfta blicken, om jag ändå var utrustad med en funktion för *omedelbar-teleportering-till-tiominuter-senare*, det skulle passa mig fint, de applåderar, jag drömmer inte, jag hör rätt, nu tittar jag upp, jag står framför dem, hela klassen, de applåderar, till och med Léa Germain och Axelle Vernoux, och monsieur Marin ler.

Nu sitter jag på min plats igen och är så trött att jag skulle kunna somna på stället, helt plötsligt, det är som om jag hade gjort av med ett års energi på en enda timme, som om jag hade tömt alla mina patroner och inte har något kvar, ingen gnista, inte ens ork att gå hem. Monsieur Marin gav mig betyget 18 av 20, han avslutar lektionen med några definitioner som vi antecknar: socialhjälp, allmän sjukförsäkring, minimilön för social integration (till personer över tjugofem), fjärde världen, vräk...

Jag känner en hand på min axel:
– Smulan, det har ringt ut ...
Lucas hjälper mig att plocka ner mina saker i väskan, vi är de sista som lämnar klassrummet, ute i korridoren brister han i skratt, han kan inte sluta, Smulan, du somnade mitt under Marins lektion, det måste antecknas i skolans årskrönikor, Lou Bertignac slaggar på lektionen och klarar sig undan utan kvarsittning! Jag skrattar också, tror jag, jag är lycklig, där och då, i mitt nyvakna tillstånd, tänk om det är det som är lycka, inte en dröm, inte ens ett löfte, bara här och nu.

JAG GICK TILLBAKA den avtalade dagen, vid avtalad tid. No var inte där. Jag väntade på henne framför brasseriet, jag letade efter henne på hela stationen, i tidningskiosken, framför biljettluckorna, på toaletterna, jag väntade vid stolpen där hon brukade sitta ibland när snuten inte var där, jag spejade efter färgen på hennes jacka och hennes hår i folkmassan, jag slog mig ner i väntsalen, jag spanade efter hennes späda silhuett genom glasrutan. Jag gick tillbaka följande dag och dagen därefter. Dag efter dag. En kväll när jag för tionde gången gick förbi tidningskiosken vinkade den rödhåriga damen in mig. Jag gick dit.

– Är det Nolwenn du letar efter?

– Ja.

– Jag har inte sett henne på länge. Hon har inte varit här på sista tiden. Vad vill du henne?

– Nja, inget särskilt ... Vi skulle ta ett glas.

– Hon har nog stuckit nån annanstans. Men vet dina föräldrar om att du är här?

– Nej.

– Hör du, lilla vän, du borde inte hänga med en tjej som hon. Jag tycker bra om Nolwenn, men det är en tjej som lever ute, i en annan värld än din, du har säkert läxor och en massa andra saker att göra, och det är nog bäst att du går hem till dig.

Jag gick ner i metron och medan jag väntade på tåget tittade jag på affischerna, jag var gråtfärdig för att No inte var där, för att jag hade låtit henne försvinna, för att jag inte hade tackat henne.

Mamma sitter i sin fåtölj och pappa har inte kommit hem än. Hon har inte tänt ljuset och hon blundar, jag försöker ta mig till mitt rum ljudlöst men hon ropar på mig. Jag går fram till henne, hon ler. När hon tittar på mig så där, när hon är så nära mig, läggs en annan bild ovanpå, en bild som på samma gång är tydlig och genomskinlig, som ett hologram, det är ett mildare och lugnare ansikte från förr, utan det där vecket i pannan, och hon ler mot mig med ett äkta leende som kommer inifrån, inte ett fasadleende som döljer sprickorna, inget tyst leende, det är hon och ändå är det inte längre hon, jag kan inte urskilja den sanna från den falska, snart kommer jag att glömma det där andra ansiktet, minnet suddas ut, snart kommer det bara att finnas foton som minne. Mamma frågar inte varför jag kommer så sent, hon har ingen tidsuppfattning längre, hon säger: pappa har ringt, han kommer snart, jag ställer ifrån mig mina saker och börjar duka, hon reser sig, följer mig ut i köket, frågar hur det är, hon är där med mig och jag vet att det kostar på, det är en ansträngning, jag svarar att allt är bra, ja, det går bra i skolan, jag har varit hos min kompis, henne jag har pratat om, jag fick 18 för mitt föredrag, jag minns inte om jag sa det, ja, det är bra, lärarna är snälla, eleverna med, om två dagar är det lov.

– Redan?

Hon blir förvånad, tiden går så snabbt, redan jul, redan vinter, redan i morgon och allt har stannat upp, det är det som är problemet, vårt liv står stilla fast jorden fortsätter att snurra.

När dörren öppnas sveper en kall vindpust in i hallen, pappa stänger snabbt efter sig, så där ja, nu är han inne i värmen, vi är inne i värmen, jag tänker på No, någonstans, jag vet inte var, på vilken gata, i vilken blåst.

– Här, gumman, jag hittade en grej som kanske kan intressera dig.

Pappa räcker mig en bok, *Från det oändligt lilla till det oändligt stora*, jag hittade den på nätet och har drömt om den i flera veckor, den väger bly, innehåller massor av fantastiska bilder på blankt papper och så, nu måste jag hålla mig tills efter middagen innan jag får sluka den.

Under tiden rafsar jag åt mig moussakaförpackningen som ligger och skräpar på köksbordet, jag meddelar med hög röst att jag tänker spara den: hädanefter måste alla Picard-förpackningar överlämnas till mig personligen för jag planerar en jämförande studie. Det är inte det att det smakar illa men alla djupfrysta maträtter har mer eller mindre samma smak, moussaka, hachis Parmentier, sydfransk pyttipanna, provensalsk fiskröra, de måste ha någon gemensam ingrediens, något som dominerar. Mamma skrattar och det är tillräckligt ovanligt för att göra en djuplodande undersökning berättigad.

När jag har lagt mig funderar jag över kvinnan i tidningskiosken, jag minns den där meningen, *hon lever i en annan värld än din.*

Jag struntar fullständigt i om det finns flera världar i samma värld och i att man bör stanna i sin värld. Jag vill inte att min värld ska vara en delmängd A som helt saknar kopplingar till andra världar (B, C eller D), att min värld ska vara en sluten cirkel på svarta tavlan, en tom delmängd. Jag skulle hellre vilja vara någon annanstans, följa en rät linje som leder till en plats där världarna kommunicerar med varandra och överlappar varandra, där linjerna kan överskridas, där livet är linjärt, utan avbrott, där saker inte plötsligt avstannar utan anledning, där de viktiga ögonblicken levereras med bruksanvisning (risknivå, fungerar med nät eller batteri, förutsägbar livslängd) och nödvändig utrustning (airbag, GPS, nödbromsassistans).

Ibland känns det som om det är något som klickar inom mig, en felkopplad sladd, en trasig del, ett fabrikationsfel, ingenting utöver det vanliga, som man skulle kunna tro, utan något som saknas.

– Monsieur Muller, kom fram till tavlan.

Lucas vecklar ut sin långa kropp, reser sig nonchalant, går upp på podiet och ställer sig framför den släta ytan.

– Rita en cirkel.

Lucas tar kritan och fogar sig.

– Det är ert betyg.

Allmän darrning.

– Ni kan plocka ihop era saker och avsluta lektionen i läsesalen. Jag kan inte godkänna ett så medelmåttigt resultat på en inlämningsuppgift när ni har haft två veckor på er att utföra den.

Monsieur Marin delar ut skrivningarna. Lucas plockar oberörd ihop sina saker, han ger mig en blick av samförstånd.

Det krävs mer för att göra honom upprörd. Han släpar fötterna efter sig när han går mot dörren, tar god tid på sig.

När jag går ut efter lektionerna ser jag honom, han står lutad mot en enkelriktatskylt och röker. Han vinkar åt mig och ropar, varje gång utlöser det samma känsla i min kropp, som ett lufthål, som om magen plötsligt åkte ner i skorna på mig och upp igen, det är samma känsla som i hissen upp i Montparnassetornet. Han väntade på mig.

– Vill du hänga med mig hem, Smulan?

Panik på Disneyland, högsta beredskap, allmän mobilisering, biologisk bestörtning, kortslutning, invärtes seriekrock, nödevakuering, stjärnrevolution.

– Öh... nej... tack... kan inte (vilken stark dialog, som pappa skulle säga).

Jag dör av lust men tänk om.

Kanske har det absolut inget med det att göra.

Tänk om han kysser mig.

Han kanske bara vill snacka lite.

Men tänk om.

Åt vilket håll ska man snurra tungan när man kysser någon? (Logiken säger att det borde vara medsols, men samtidigt antar jag att det är något som undgår förnuftet, sakernas ordning, det är alltså inte omöjligt att man snurrar den åt motsatt håll.)

– Jag måste gå hem. Tack. En annan gång kanske.

Han går sin väg med händerna i fickorna, jeansen är slitna nedtill där de släpar i marken, han är vacker till och med på långt håll. Kanske det blir fler tillfällen. Kanske får man bara en enda chans i livet, och har man inte vett att fånga den kommer tillfället aldrig tillbaka. Kanske har jag precis missat *min* chans. I bussen tittar jag på folk, jag undrar om de har tagit vara på sin chans, inget tyder på vare sig det ena eller det andra, de ser alla lika trötta ut men ibland kan man ana ett svagt leende. Jag går av två hållplatser för tidigt för att promenera, det gör jag ofta när jag inte har lust att gå hem direkt. Jag har slutat gå till järnvägsstationen, jag hänger en del på Boulevard Richard-Lenoir, det finns många hemlösa där i allén mellan körbanorna, i parker och på torg, de står i grupper, lastade med påsar, hundar, sovsäckar, de samlas runt bänkarna, de diskuterar, dricker öl, ibland skrattar de och är glada, ibland bråkar de. Ofta finns det tjejer bland dem, unga tjejer med smutsigt hår, utslitna skor och så. Jag betraktar dem på avstånd, deras härjade ansikten, deras rödnariga händer, deras kläder som är svarta av smuts och deras tandlösa leenden. Jag tittar på dem och skammen kommer över mig, kletar fast, skammen över att vara på rätt sida. Jag tittar på dem och blir rädd att No har blivit som de. På grund av mig.

För några dagar sedan dog Mouloud. Han hade varit uteliggare i vårt kvarter i tio år. Han hade sitt metrogaller i en gatukorsning, i en inbuktning alldeles intill bageriet. Det var hans territorium. På väg till skolan i låg- och mellanstadiet såg jag honom där i flera år, varje morgon och kväll. Alla elever var bekanta med honom. I början var vi rädda för honom. Sedan vande vi oss. Vi hälsade på honom. Vi stannade och pratade. Han vägrade att gå till härbärgena eftersom han inte fick ta med sin hund dit. Till och med när det var väldigt kallt ute. Folk brukade ge honom täcken, kläder och mat. Han var stamgäst på baren mitt emot, han drack vin ur plastflaskor. Till jul fick han julklappar. Mouloud var kabyl, han hade blå ögon. Han var vacker. Det sades att han hade arbetat på Renault i tio år, och sedan en dag lämnade hans fru honom.

Mouloud svimmade, han blev förd till sjukhus och dagen efter fick vi veta att han hade dött av en blodpropp i lungan. Pappa hörde nyheten av barägarna. På den plats där Mouloud brukade hålla till klistrade folk upp affischer, brev, hälsningar och till och med ett foto av honom. De tände stearinljus och lade dit blommor. Fredagen därpå samlades folk där, ett hundratal personer slöt upp runt hans tält som stod kvar, ingen hade velat röra det. Dagen efter publicerade *Le Parisien* en artikel om Mouloud med ett foto av hans hörna som hade förvandlats till ett altare.

Damen på baren mitt emot tog hand om Moulouds hund. Hundar kan man ta hem till sig, men inte hemlösa. Jag tänkte att om var och en av oss tog emot en hemlös, om var och en bestämde sig för att ta hand om en enda människa och hjälpa och ledsaga den människan, skulle det kanske vara färre som måste sova utomhus. Mamma sade att det var omöjligt. Saker och ting är mer komplicerade än de verkar. *Saker och ting är som de är*, och det är mycket man inte kan göra något åt. Det är antagligen det man måste medge för att bli vuxen.

Vi kan skicka överljudsplan och raketer ut i rymden, identifiera en brottsling utifrån ett hårstrå eller en pytteliten hudpartikel, skapa tomater som står sig tre veckor i kylskåpet utan att skrumpna det minsta, klämma in miljarder data på ett mikrochips. Vi kan låta folk dö på gatorna.

UNDER JULLOVET STANNAR vi i Paris. Mamma tycker varken om resor, landet eller bergen längre, det är mer än hon orkar med, hon måste stanna hemma i en välbekant omgivning. På kvällarna är det som om jag kunde se oss utifrån genom perspektivfönstret, med granen som blinkar i vardagsrummet, det är samma kulor, samma girlanger som vi har tagit fram i urminnes tider, ingen intresserar sig för dem, ingen bryr sig om dem, inte ens pappa som ändå förstår sig på familjeillusioner. Vi skulle antagligen vara överens om att det inte är någon mening med det alla tre, men ingen säger något, så varje år öppnar vi kartongen, klär granen och planerar vad vi ska äta. I allmänhet kommer mina farföräldrar från Dordogne, de sover över hos oss på julafton, det enda jag tycker är bra är att vi äter middag jättesent för de går på midnattsmässan (farmor vägrar äta middag innan, för då somnar hon när matsmältningen sätter igång). Dagen efter kommer min faster och mina kusiner och äter lunch hos oss. Julfriden innebär att man måste låtsas vara nöjd och lycklig och att man kommer bra överens med alla. Till jul bjuder vi alltså in pappas syster som alltid anmärker på mamma så att hon hör det, som om hon inte var där, som om hon tillhörde inventarierna, Anouk borde rycka upp sig lite, en dag måste man ju ändå ta sig samman, tycker du inte det, Bernard, det är inte bra för den lilla som redan är störd så det räcker, och du, du verkar helt slut, du kan inte ständigt vara på två ställen samtidigt, hon måste väl ändå ta sig i kragen snart. Pappa svarar inte och mamma låtsas att hon inte hör, vi skickar runt maten, vi tar om av steken, kalkonen eller vad det nu är, vi byter ämne och pratar om deras senaste semester på Mauritius, buffén var gi-gan-tisk, aktiviteterna fan-tas-tis-ka, vi träffade ett jättetrevligt par, pojkarna gick på dykarskola. Jag gillar inte att man ger sig på värnlösa människor, då blir jag utom mig, och det är ännu värre när det gäller mamma, så en dag sade jag till henne: och du då, Sylvie, hur skulle du må om du hade hållit ditt döda barn i famnen? En isande kyla lade sig plötsligt i rummet, ett tag trodde jag att hon skulle kvävas av ostronet hon hade i munnen, det blev tyst en lång stund och det var ett underbart ögonblick på grund av leendet som syntes på mammas läppar, en antydan bara, farmor strök mig över kinden och sedan kom samtalet igång igen.

Jul är en lögn som förenar familjer runt ett dött träd översållat med ljus, en lögn vävd av banal konversation, begravd under kilovis med smörkräm, en lögn som ingen tror på.

De åkte hem igen allihop. Om halsen bär jag en tunn guldkedja med ett hängsmycke i form av ett hjärta som jag fått av mina föräldrar. En kväll när jag sitter till bords tänker jag på

No, på Mouloud, på Lucas, jag stirrar på tallriken framför mig och försöker räkna nudlarna samtidigt som jag räknar mina sparkar under bordet. Jag tycker om att dela på mig, att bedriva två parallella aktiviteter som att sjunga en sång samtidigt som jag läser en bruksanvisning eller en affisch utan att komma av mig. Jag utmanar mig själv, strunt samma om det är absurt. Fyrtiosex nudlar och femtiotre sparkar senare slutar jag räkna. Allt det där är meningslöst. Allt det där gör jag bara för att glömma en sak: No är ensam. No är någonstans och jag vet inte var. No gav mig sin tid och jag gav inte henne någonting.

DAGEN DÄRPÅ TOG jag metron till Porte de Bagnolet och gick raka vägen in i köpcentret. Jag funderade på om jag skulle ta en kundvagn för att smälta in i omgivningen, klockan var tio och det var redan fullt med folk på stormarknaden. Vid charkuteridisken stod ett tiotal personer och väntade medan två expediter fördelade arbetet mellan sig. Jag ställde mig i kön och iakttog dem. Båda hade vitt förkläde och en sorts huvudbonad i tyg, den ena var blond med rakt hår, den andra hade brunt, lockigt hår. Jag överlämnade mig i slumpens händer: när min tur kom måste det bli Geneviève, Nos vän, som vände sig till mig.

Ibland underställer sig slumpen nödvändigheten. Det är en av mina teorier (kallad *teorin om det absolut nödvändiga*). Det räcker med att blunda, visualisera den önskade situationen, koncentrera sig på bilden och inte låta något annat störa, inte låta sig distraheras. Då händer det något, precis som man önskade det. (Naturligtvis funkar det inte varje gång. Som alla teorier värda namnet finns det undantag i *teorin om det absolut nödvändiga*.)

Den brunhåriga frågade mig vad jag önskade. Jag hoppade till.

– Jag letar efter någon som ni kanske känner. Hon heter No.

– Nolwenn?

– Ja.

– Vad vill du henne?

Jag hade varit så koncentrerad att jag glömt bort vad jag skulle säga.

– Jag skulle gärna vilja ha tag i henne.

– Hör du, jag jobbar nu, jag kan inte prata.

– Brukar hon fortfarande komma hem till er?

– Nej. Jag sa åt henne att sticka och inte visa sig igen. Jag kunde inte ha henne kvar. Hon tömde kylskåpet, hon gjorde ingenting på hela dagarna, hon försökte inte skaffa jobb.

– Vet ni var hon är?

– Sist jag hörde nåt var hon på ett härbärge. Men sånt där varar aldrig nån längre tid. Jag minns inte vilket det var.

Bakom mig stod en dam inklämd i en grön kappa med en överfull kundvagn. Hon började bli otålig.

Jag sade tack och gick därifrån.

Jag tog metron igen, gick av vid Bastille och promenerade till Rue de Charenton. Mitt emot nummer tjugonio, intill Bastiljoperan, precis som No hade beskrivit det för mig, stod ett iglootält direkt på trottoaren. Bakom tältet låg en hög med kartonger, kassar och täcken upptryckt mot väggen. Tältet var stängt. Jag ropade. Jag tvekade i några minuter innan jag började dra upp dragkedjan. Jag stack in huvudet i öppningen, det var en gräslig stank därinne, jag ställde mig på alla fyra, kröp in en bit på jakt efter en ledtråd (när jag var liten och lekte detektiv med mina kusiner var jag bäst), jag såg mig omkring, det låg en hög med plastpåsar längst in och några tomburkar.

– Hallå där!

Jag hoppade till och försökte resa mig, klev på skosnöret och ramlade raklång i tältet medan mannen mullrade bakom mig, grabbade tag i min krage och i en enda rörelse drog ut mig ur tältet och ställde mig på fötter. Om jag hade varit utrustad med en funktion för *att blixtsnabbt gå upp i rök* hade det passat mig fint. Han var knallröd i ansiktet och luktade vin. Jag var livrädd.

– Vad gör du här?

Hjärtat bankade hårt, det tog nästan två minuter innan jag fick fram ett ljud.

– Har ingen sagt till dig att man inte bara stövlar in hos folk?

– Ursäkta mig, jag ... Jag letar efter No. Hon sa att ni kände varann.

– Det säger mig ingenting.

– Öh ... hon är brunhårig med blå ögon, inte särskilt lång, håret som jag ungefär, lite kortare. Hon har sovit med er några gånger, alltså, jag menar i ert tält.

– Jaa ... jag har ett vagt minne av det.

– Vet ni var jag kan få tag i henne?

– Hör nu, jag vill inte ha en massa problem. Och nu är jag upptagen, jag måste städa.

– Hur länge sen är det ni såg henne sist?

– Jag sa ju att jag inte har tid.

– Kan ni verkligen inte komma på nåt om ni tänker efter? Snälla.

– Jösses, du vet visst vad du vill, du ... Men jag hjälper folk så där, en natt eller två, sen glömmer jag det.

Han tittade länge på mig, min kappa, mina kängor, mitt hår, och kliade sig tveksamt i huvudet.

– Hur gammal är du?

– Tretton år. Snart fjorton.

– Är du släkt med henne?

– Nej.

– Ibland äter hon i soppköket på Rue Clément. Det var jag som tipsade henne om det. Jag ser henne där då och då. Det var det, stick iväg nu!

När jag kom hem gjorde jag efterforskningar på Rådhusets hemsida på internet och hittade adress, öppettider och telefonnummer. Måltiderna serveras mellan 11.45 och 12.30, biljetterna delas ut från klockan 10.00. Flera dagar i rad stod jag utposterad på trottoaren mitt emot och såg folk komma och gå i över en timme, men jag såg inte till henne.

DET ÄR SISTA dagen på jullovet, kön är ungefär femtio meter lång, dörrarna har inte slagits upp än, på håll känner jag igen hennes jacka. När jag närmar mig känner jag hur jag blir svag i benen, jag måste sakta ner, ta tid på mig, göra komplicerade divisioner och multiplikationer i huvudet medan jag närmar mig, för att se till att jag rör mig framåt, jag brukar göra så när jag är rädd att jag ska börja gråta eller backa ur, jag har tio sekunder på mig att hitta tre ord som börjar på h och slutar på e eller böja verbet ekipera i imperfekt konjunktiv eller räkna ut de mest otroliga multiplikationer med massor av siffror i minne. Hon ser mig. Hon ser mig rakt i ögonen. Inte en gest, inte en tillstymmelse till leende, hon vänder sig bort som om hon inte hade känt igen mig. Jag går fram till henne och ser att hennes ansikte har förändrats, hon har fått ett bittert drag kring munnen och hon ser väldigt resignerad och övergiven ut. Jag stannar till, hon ignorerar mig, hon står och väntar inträngd mellan två män, hon gör ingen ansats att lösgöra sig, hon står kvar bakom den störste av dem med ansiktet inborrat i halsduken.

Rösterna tystnar och under några ögonblick synar alla mig, nerifrån och upp och uppifrån och ner.

Jag är välklädd. Jag har en ren kappa med ett fungerande blixtlås, välputsade skor, en märkesryggsäck och blankt och välfriserat hår. I logikspel där man ska gissa vem som är inkräktaren skulle det inte vara svårt att peka ut mig.

Samtalen återupptas med låg röst, de håller ögonen på mig när jag går fram till henne.

Jag har inte hunnit öppna munnen när hon vänder sig om, hennes ansikte är hårt och avvisande.

– Vad fan gör du här?

– Jag letade efter dig ...

– Vad vill du?

– Jag var orolig för dig.

– Allt är jättebra, tack.

– Men du ...

– Det är bra, fattar du? Allt är jättebra. Jag behöver inte dig.

Hon har höjt rösten, folk börjar mumla i kön, jag uppfattar bara brottstycken, det är flickungen, vad vill hon, jag kan inte röra mig, plötsligt får jag en hård knuff av No så att jag halkar ner från trottoaren, men jag kan inte släppa henne med blicken. Hon håller ut armen framför sig som för att hålla mig på avstånd.

Jag skulle vilja säga att det är jag som behöver henne, att jag varken kan läsa eller sova längre, att hon inte har rätt att bara överge mig så där, även om jag vet att det är uppochnervända världen, i vilket fall som helst snurrar jorden baklänges, det är bara att se sig omkring, jag skulle vilja säga att jag saknar henne, trots att det är absurt, trots att det är hon som saknar allt, allt man behöver för att leva, men jag är också alldeles ensam och jag har sökt upp henne.

De som står först börjar gå in i byggnaden, kön rör sig snabbt och jag följer efter henne.

– Jag sa ju åt dig att sticka iväg, Lou. Du går mig på nerverna. Du har inget här att göra. Det är inte ditt liv, fattar du, det är inte ditt liv!

Hon vrålar de sista orden så högt att jag backar, jag släpper henne inte med blicken men till slut vänder jag på klacken och går därifrån. Några meter längre bort vänder jag mig om en sista gång och ser henne gå in i byggnaden. Hon vänder sig också om, stannar till, det ser ut som om hon gråter, hon står stilla, de andra jagar på, tränger sig förbi henne och jag hör hur någon skäller ut henne, hon svär tillbaka, spottar på marken, en man knuffar henne framåt och hon försvinner in i en mörk korridor.

Jag går tillbaka till metrostationen, det är bara att följa den grå linjen på trottoaren, jag räknar Paris stads soptunnor, de gröna för sig och de gula för sig, i det ögonblicket tror jag att jag hatar henne, henne och alla de hemlösa på jorden, de borde faktiskt vara lite trevligare, inte så skitiga, det är rätt åt dem, de borde anstränga sig att vara vänliga i stället för att sitta och supa på parkbänkar och spotta på marken.

NÄR JAG TITTAR på himlen undrar jag alltid hur långt den når, om det finns något slut. Hur många miljarder kilometer måste man ta sig för att få se var den slutar? Jag sökte i min nya bok, det finns ett helt kapitel som utreder den frågan. Diverse rön som har tolkats inom ramen för *big bang*-teorin antyder att universum är 13,7 miljarder år gammalt. Ungefär 300 000 år efter dess uppkomst började ljuset cirkulera fritt där (universum lär ha blivit genomskinligt). Det mest avlägsna objekt som är synligt i teorin gav ifrån sig ljus i det genomskinliga universums första ögonblick. Det definierar den så kallade *synliga horisonten*. Strålen 13,7 miljarder ljusår bort härrörde alltså från detta synliga universum. Det som finns bortom detta avstånd kan man inte se, man vet inte om universum sträcker sig längre eller ej. Man vet inte ens om frågan har någon mening. Det är därför folk stannar hemma, i sina små lägenheter med sina små möbler, sina små skålar, sina små gardiner och så, därför att de får svindel. För om man tittar upp uppstår oundvikligen den frågan, och därefter frågan om vad vi är, alla vi små, i allt det här.

På kvällarna när pappa kommer hem överöser jag honom med frågor som han inte alltid kan svara på, då söker han i böcker eller på internet, han ger sig aldrig, inte ens när han är väldigt trött. Häromdagen frågade jag honom vad *tellurisk* betyder, jag kände på mig att han hellre hade knäppt på teven och tittat på någon bra serie med moderna snutar som ägnar sig åt att lösa gåtor och jaga brottslingar men som har problem och kärleksrelationer också precis som alla andra, fast han letade ändå i sina böcker för att kunna ge mig en exakt definition. Om pappa hade velat hade han kunnat bli en bra snut i en teveserie. Han hetsar aldrig upp sig, han har skinnjacka, en sjuk hustru som han tar hand om och en halvjobbig tonårsdotter, kort sagt alla ingredienser som krävs för att man ska tycka om honom och önska att det inte ska hända honom något.

Innan vi ser en film tillsammans avger jag tysthetslöfte, men ibland kan jag inte låta bli att kommentera eller göra honom uppmärksam på detaljer som till exempel när hjältinnan sitter i en soffa med håret bakåtkammat, och i nästa scen har håret fallit ner över axlarna fast hon inte har rört sig. Han retas med mig och säger stäng av datorn, Lou, pausa, och så rufsar han till mig i håret, jag ska nog ordna en fin frisyr åt dig, ska du se.

När jag var liten lade mamma lite choklad på en brödbit som hon stoppade in i ugnen, jag väntade och kikade in genom glasluckan, såg chokladen smälta och övergå från fast till flytande form, det jag uppskattade mest var att övervaka denna förvandling, mer än tanken på att breda ut chokladen på brödet och avnjuta resultatet. När jag var liten tittade jag på medan blodet koagulerade när jag hade fått ett sår, jag struntade i smärtan, jag väntade på sista droppen, den som skulle torka, den som skulle bli en liten skorpa som jag pillade bort sedan. När jag var liten höll jag huvudet upp och ner tills jag blev knallröd i ansiktet, sedan reste jag mig snabbt upp och tittade mig i spegeln medan ansiktet undan för undan återfick sin normala färg. Jag gjorde experiment. I dag väntar jag på att min kropp ska förändras, men jag är inte som andra tjejer, jag menar inte de i min klass som är femton år, jag menar de i min ålder, jag märker det när jag möter dem ute, de går som om de var på väg någonstans, de tittar aldrig på sina fötter och deras skratt ekar av alla löften som de har gett varandra. Jag lyckas inte växa och byta form, jag är och förblir pytteliten, kanske för att jag känner till hemligheten som alla låtsas ovetande om, kanske för att jag vet hur obetydliga vi är.

När man ligger i badet för länge blir fingrarna alldeles skrynkliga. Jag läste förklaringen i en bok: vårt övre hudlager, epidermis, absorberar vattnet och sväller och då uppstår veck. Där har ni det verkliga problemet: vi är svampar. Och för min del gäller det inte bara händer och fötter. Jag absorberar allting hela tiden, jag är permeabel. Farmor anser att det är farligt och dåligt för hälsan. Hon säger: den stackars flickungen, till slut kommer hennes huvud att explodera med tanke på allt hon proppar i sig, hur ska hon få någon ordning på allt det där och gallra ut, Bernard, ni borde anmäla henne till en gymnastikkurs eller låta henne ta tennislektioner så att hon får ta ut sig lite och svettas, annars kommer det att sluta med att huvudet ramlar ner mellan fötterna på henne.

HAN STIGER PÅ bak i bussen en hållplats efter mig, ställer sig mitt emot mig och sträcker fram kinden. Jag släpper stången och går fram till honom, och trots allt folk omkring oss känner jag doften av sköljmedel från hans kläder.

– Har du haft det bra på lovet, Smulan?

Jag rynkar på näsan.

Lucas står framför mig med sin vanliga nonchalans. Men jag vet att han vet. Han vet att alla tjejerna i skolan är galna i honom, att monsieur Marin respekterar honom trots att han ständigt anmärker på honom, han vet hur tiden glider oss ur händerna och att något är vajsing i världen. Han förmår se igenom dimman under de bleka morgontimmarna, han ser styrkan och sårbarheten, han vet att vi är allt och dess motsats, han vet hur svårt det är att bli stor. En dag sade han att jag var en fe.

Han imponerar på mig. Jag betraktar honom när bussen startar igen, vi trycks bakåt, han vill veta mer om mitt jullov, jag funderar på vad jag skulle kunna berätta och nöjer mig med att ställa samma fråga tillbaka. Han har varit hos sin mormor och morfar på landet, han rycker på axlarna och ler.

Jag skulle vilja berätta för honom att jag har förlorat No, att jag oroar mig för henne, jag är säker på att han skulle förstå. Berätta för honom att jag inte ens vill gå hem vissa dagar, hem till sorgen som sitter i väggarna, tomheten i mammas blick, fotografierna som ligger i kartonger och fiskpinnarna.

– Har du lust att följa med till skridskobanan nån kväll, Smulan?

– Mmm.

(Jag har sett skridskor på Go sport – massor av skosnören som man måste trä igenom hål. Inte en chans.)

Vi stiger av bussen utanför skolan, portarna har inte öppnats ännu, eleverna står i grupper utanför och pratar, skrattar och röker, Lucas känner alla men han står kvar med mig.

Jag försöker hålla god min och hålla stånd mot tankarna som invaderar mig, det är tankar som ofta dyker upp och där jag ser allt som skulle kunna hända, både det bästa och det värsta, och de tankarna kommer så snart jag släpper koncentrationen, det är som ett optiskt filter som får mig att se livet i en annan färg. Ett bättre liv eller en katastrof, det varierar.

Jag försöker låta bli att tänka på att Lucas en dag skulle kunna ta mig i sin famn och hålla om mig hårt.

JAG GÅR UT genom huvudingången, gömd i mängden. Jag ser henne genast på trottoaren mitt emot: en mörk punkt i kvällssolen. No väntar på mig. Hon minns namnet på min skola och hon är där. Hon släpar inte på sitt vanliga pick och pack, hon har bara en väska i en rem över axeln. No är där, jag behöver bara gå över gatan. Det syns på långt håll att hon är smutsig, det är svarta ränder på jeansen och håret är tovigt. Jag bara står där orörlig i flera minuter, blir knuffad av de andra eleverna och knattret från mopederna, skratten och stojet virvlar omkring mig. Där står jag. Mitt emot henne. Något håller mig tillbaka. Då lägger jag märke till att hennes ögon är svullna, hon har mörka skuggor i ansiktet, hon är osäker, plötsligt är jag varken bitter eller arg längre, jag vill bara ta henne i famnen. Jag går över gatan. Jag säger kom. Hon följer med till Bar Botté. Folk stirrar på oss. Folk stirrar på oss för att No är hemlös och det märks lika tydligt som näsan mitt i ansiktet.

Hon berättar med sänkt blick och kramar sin kopp, hon vill värma sig även om hon skållar handflatorna på kuppen. Hon sover på ett natthärbärge i Val-de-Marne där hon har fått en plats i två veckor. Varje morgon halv nio åker hon ut. Måste vara ute hela dagen. Det gäller att slå ihjäl tiden. Ständigt röra på sig för att inte bli nedkyld. Hitta ett skyddat ställe där hon kan sitta. Hon måste åka tvärs över hela staden för att få ett varmt mål mat. Ta en kölapp. Vänta. Ge sig av igen. Tigga pengar utanför någon affär eller i metron. När hon orkar. Orkar säga: snälla. Snart måste hon hitta ett annat natthärbärge. Sådant är hennes liv. Gå från ett härbärge till nästa. Hålla sig kvar så länge som möjligt. Försöka dra ut på det. Hitta något att äta. Undvika att sova utomhus. Hon har försökt hitta jobb. På hamburgerställen, barer, restauranger, snabbköp. Men utan hemadress eller en adress till ett härbärge blir svaret alltid detsamma. Det kan hon inte göra något åt. Utan adress, inget jobb. Hon har gett upp. Hon hade aldrig trott att hennes liv skulle bli så värdelöst, när hon var liten ville hon bli hårfrisörska, tvätta och färga hår, och så småningom öppna egen frisersalong. Men hon lärde sig varken det eller något annat, hon har inte lärt sig någonting. Hon säger: jag vet inte vad jag ska ta mig till, förstår du, jag har verkligen ingen aning.

Hon sitter tyst i några minuter och stirrar ut i tomma luften. Jag skulle ge allt, mina böcker, mina uppslagsverk, mina kläder och min dator, för att hon skulle få ett riktigt liv, med en säng, ett hem och föräldrar som väntar på henne. Jag tänker på jämlikhet, broderskap och alla sådana grejer som man lär sig i skolan och som inte existerar. Man borde inte lura i folk att de kan bli jämlika här eller någon annanstans. Mamma har rätt. Det är livet som är orättvist och det finns inget att tillägga. Mamma vet något som man inte borde veta. Det är därför hon är oförmögen att arbeta, det står i hennes papper från försäkringskassan, hon vet något som hindrar henne från att leva, något som man inte borde känna till förrän man är väldigt gammal. Man lär sig att hitta obekanta variabler i ekvationer, att rita ekvidistanta räta linjer och att bevisa teorem, men i det verkliga livet finns det inget att fastslå, räkna ut eller genomskåda. Det är som när ett spädbarn har dött. Djup sorg och det är allt. En enorm sorg som varken löser upp sig i vatten eller i luft, en fast komponent som inte går att rubba.

No ser på mig, huden är grå och torr som de andra uteliggarnas, när jag ser henne så där får jag av en känsla av att hon har fått vad hon tål, fått så mycket någon kan uthärda, så mycket en människa kan förväntas acceptera, jag får en känsla av att hon aldrig kommer att resa sig igen, att hon aldrig kommer att bli söt och ren igen, men hon ler och säger: det var kul att se dig igen. Jag ser att läppen darrar till, det varar knappt en sekund, hon sänker blicken, jag ber inombords av alla krafter att hon inte ska börja gråta, trots att jag inte tror på Gud varje dag, för om hon börjar gråta börjar jag också, och när jag väl sätter igång kan jag hålla på i flera timmar, det är som en fördämning som brister av vattnets tryck, en störtflod, en naturkatastrof, och hursomhelst tjänar det ingenting till att gråta. Hon skrapar upp socker i botten på koppen med skeden och lutar sig tillbaka, hon har hämtat sig, det ser jag på hennes sätt att bita ihop käkarna, jag känner henne.

– Hur gick det med ditt föredrag?

Jag berättar hur rädd jag var där jag stod framför klassen, om min röst som darrade i början men som blev stadig efter ett tag, eftersom det kändes som om hon var med mig, som om hon gav mig styrka, och sedan beskriver jag lättnaden när det var över, applåderna och så.

– Och Lucas, du vet, den där killen jag har pratat om, han har frågat om jag vill följa med honom hem efter skolan minst två gånger nu, och så vill han att jag ska följa med honom till skidskobanan, men varje gång hittar jag på en undanflykt, jag vet inte riktigt vad jag ska ta mig till.

Hon tycker om när jag berättar historier, hon är som en liten flicka, jag ser att hon verkligen lyssnar, kanske för att det påminner henne om när hon själv gick i skolan. Ögonen glänser, så jag pratar på, jag berättar om Lucas, säger att han ligger två år efter, beskriver hans Opinel-knivar, hans svarta hår, det sneda vita ärret ovanför läppen, hans tygväska med tuschklotter som jag inte begriper mig på, hur oförskämd han är på lektionerna, hur han får våldsamma utbrott ibland, som den dagen då han vräkte ner allting på golvet; böckerna, bänken, pennorna och så, innan han lämnade salen som en kung, utan att se sig om. Jag berättar att han är sjutton år, att hans kropp verkar så stadig och kompakt, och att han brukar titta på mig som om jag vore en vilsekommen myra, att han lämnar in blankt på proven och att jag får skyhöga betyg, att han har blivit avstängd i tre dagar medan mina hemuppgifter framhålls som ett föredöme, att han är mjuk mot mig trots att jag är hans totala motsats.

– Du då, har du varit kär nån gång?

– Ja då, när jag var i din ålder. Jag gick i en internatskola i Frenouville. Vi gick inte i samma klass, men vi brukade träffas på kvällarna, och istället för att gå till läsesalen satt vi utomhus under träden, till och med på vintern.

– Vad hette han?

– Loïc.

– Sen då?

– När då?

– Ja ... vad hände sen?

– Det berättar jag en annan dag.

Hon tycker inte om att prata. Den stunden kommer alltid då hon tystnar. Ofta på samma sätt: En annan dag. En annan gång.

– Var det nåt som gjorde dig ledsen?

– Jag sa en annan gång.

– Jag vill fråga dig om en grej. Vet du åt vilket håll man snurrar tungan när man kysser en kille?

Först spärrar hon upp ögonen på vid gavel. Och sedan skrattar hon. Jag har aldrig sett henne skratta så där. Då börjar jag också skratta. Om jag hade haft mer pengar skulle jag ha kallat på kyparen och ropat *champagne*, knäppt med fingrarna och beställt in massor av bakelser som på min sysslings bröllop, vi skulle ha spelat musik på högsta volym och dansat på borden, och bjudit in alla människor till vår fest, No skulle ha gått in på toaletten och bytt om till en vacker klänning och fina skor, vi skulle ha stängt dörrarna för att få vara i fred och för att det skulle bli mörkt, och dragit på ljudet som i Philippe Katerines låt.

– Vilka frågor! Det finns inget rätt håll när man kysser nån, vi är väl inga tvättmaskiner heller!

Hon skrattar igen, sedan frågar hon om jag har en pappersnäsduk och jag räcker henne paketet.

Hon tittar på klockan på väggen och reser sig snabbt, hon måste vara tillbaka på härbärget före klockan sju, annars får hon inte komma in. Jag ger henne alla pengar jag har kvar till pendeltågsbiljetten. Hon tar emot dem.

Vi går ner i metron tillsammans, nedanför rulltrappan måste vi skiljas. Jag säger: jag vill gärna att du kommer tillbaka och hälsar på mig, om du kan. Det är inte så svårt att säga det längre. Hon ler.

– Okej.

– Lovar du?

Hon rufsar om mitt hår, som man gör på barn.

TÄNK OM NO kunde bo hos oss. Tänk om vi bestämde oss för att strunta i vad som passar sig, tänk om vi bestämde oss för att *saker och ting* kan vara annorlunda även om det är väldigt komplicerat och alltid mer komplicerat än det verkar. Det är lösningen. Den enda. Hos oss skulle hon ha en säng, en plats vid bordet, en garderob där hon kan ha sina saker, ett badrum att duscha i. Hos oss skulle hon ha en adress. Hon skulle kunna söka jobb igen. Hela den här tiden har Thaïs rum stått tomt. Pappa gav bort spjälsängen, kläderna och byrån till slut. Senare ställde han in en soffa och ett bord i rummet. Han stänger in sig där ibland när han måste bli klar med ett jobb. Eller när han behöver vara ensam. Mamma har slutat gå in där, i alla händelser gör hon det aldrig när vi kan se det. Hon har inte rört någonting där inne, pappa har tagit hand om allt. När vi talar om rummet säger vi inte *rummet* längre utan *kontoret*. Dörren är alltid stängd.

Jag väntar några dagar innan jag sätter igång. Jag inväntar rätt tillfälle. Det finns inte femtioelva sätt att lägga fram saken på. Å ena sidan har vi den råa sanningen. Å andra sidan en iscensättning, en krigslist för att få dem att tro att No inte är den hon är. Jag föreställer mig olika varianter: No är en klasskompis kusin från landet och hon söker plats som aupair för att kunna fortsätta sina studier. No är lärarassistent på skolan och letar efter ett rum. No är tillbaka efter en lång vistelse utomlands. Hennes föräldrar är vänner till min fransklärare, madame Rivery. No är rektorns dotter och hennes pappa har slängt ut henne för att hon misslyckades med sin examen. Jag tänker fram och tillbaka men stöter hela tiden på samma problem: i det skick No är kan hon inte spela någon roll. Ett varmt bad och nya kläder räcker inte till.

En kväll tar jag mod till mig. Vi sitter till bords och för en gångs skull har mamma inte redan gått och lagt sig vid mörkrets inbrott utan äter middag med oss. Det är nu eller aldrig. Jag bekänner färg. Jag har något viktigt att fråga dem. De får inte avbryta mig. Inte under några omständigheter. De måste låta mig tala till punkt. Jag har förberett en argumentering i tre delar precis som madame Rivery har lärt oss, först en introduktion för att presentera ämnet och därefter en slutsats på två nivåer (man måste ställa en fråga som leder till en ny debatt, ett nytt perspektiv).

I stora drag ser planen ut så här:

Introduktion: jag har träffat en artonårig tjej som är hemlös och sover på härbärgen. Hon behöver hjälp (jag går rakt på sak, utan tillägg eller utsmyckningar).

1. (tes): Hon skulle kunna bo hos oss ett tag, för att åter-

hämta sig och hitta ett jobb (jag har förberett konkreta argument och praktiska lösningar). Hon skulle sova på *kontoret* och delta i hushållsarbetet.

2. (antites: man lägger fram motargument som man själv bemöter i steg 3): Det finns förvisso specialiserade organisationer och socialassistenter, det är inte nödvändigtvis vår uppgift att ta hand om en person i den här situationen, det är *mer komplicerat än det verkar*, vi känner henne inte och vi vet inte vem vi har att göra med.

3. (sammanfattning): Det finns mer än tvåhundratusen hemlösa i Frankrike och socialtjänsten kan inte ta hand om alla. Varje natt sover tusentals människor utomhus. Det är kallt. Och varje vinter dör folk på gatorna.

Slutsats: Vad är det som hindrar att vi gör ett försök? Vad är vi rädda för, varför har vi slutat kämpa? (Madame Rivery säger ofta att mina slutsatser är för bombastiska, och det kan jag hålla med om, men ändamålet helgar medlen ibland.)

Jag har skrivit ner hela upplägget i ett anteckningsblock och strukit under de viktigaste punkterna med rött. Jag har övat framför spegeln i badrummet med lugna gester och stadig röst.

Vi sitter till bords framför en pizza från Picard, jag har plockat undan kartongen, gardinerna är fördragna och ljuset från den lilla lampan i vardagsrummet skapar en orangeaktig gloria kring våra huvuden. Vi befinner oss i trygghet i en parislägenhet på femte våningen med stängda fönster. Jag börjar tala och tappar snabbt tråden, jag glömmer planen och låter mig ryckas med av min önskan att övertyga dem, min önskan att få se No bland oss, se henne sitta på våra stolar, i vår soffa, dricka ur våra skålar och äta på våra tallrikar, jag vet inte varför jag tänker på Guldlock och på de tre björnarna när No har svart, rakt hår, jag tänker på en bild i en bok som mamma läste för mig när jag var liten, Guldlock har slagit sönder allting, skålen, stolen och sängen, och bilden dyker ideligen upp, jag är rädd att jag inte ska hitta orden, så jag talar jättesnabbt, jag pratar länge, jag berättar hur jag träffade No, redogör för det lilla jag vet om henne, beskriver hennes ansikte, hennes händer, resväskan, hennes sällsynta skratt. De låter mig tala till punkt. Sedan blir det tyst. En lång tystnad.

Efter en stund hör jag mammas röst, den är ännu sällsyntare än Nos leende, och plötsligt talar hon tydligt.

– Vi borde träffa henne.

Pappa tittar bestört upp. Pizzan är kall, tuggan jag har i munnen är en boll indränkt med saliv och jag räknar till tio innan jag sväljer.

Då upprepar pappa hennes ord: Okej, vi borde träffa henne.

Alltså kan *saker och ting* vara annorlunda, alltså kan det som är oändligt litet bli stort.

JAG VÄNTADE PÅ No, jag sökte henne med blicken varje kväll efter lektionerna och sköt upp det ögonblick då jag skulle ta metron hem, jag spanade efter hennes bräckliga silhuett, hennes släntrande gång. Jag förlorade inte hoppet.

I kväll är hon där. Hon hade lovat. Januarikylan är genomträngande. Hon har lämnat natthärbärget där hon bodde, de har gett henne andra adresser och rekommendationer, men hon måste vänta på att det blir en plats ledig. Hon gick till sin kompis på Rue de Charenton, han lät henne stanna några nätter, men andra slog sig ner intill honom med sina tält, för stället är väl skyddat, och de började bli jobbiga, de lyssnade på radio dygnet runt och ville knulla med henne. Hon förklarar allt det där i ett enda andetag där på trottoaren, hon säger *knulla* som om hon snackade med en vuxen och jag är stolt över att hon inte behandlar mig som en barnunge, för jag förstår nog vad det betyder och det är skillnad mellan det och andra ord som betyder samma sak, och att orden är viktiga och nyanserna med.

Jag kan inte ta med henne hem i det skick hon är nu. Hon

måste tvätta sig och få andra kläder. Så här dags på dagen är mamma hemma och No måste vara någorlunda presentabel. Det vet jag säkert, för även om mina föräldrar har sagt ja, kan första intrycket fördärva allt. Då går allt jättefort, trots att det är så mycket som gör att jag brukar dra mig för att skrida till handling och att sätta igång saker, för då brukar mitt huvud invaderas av bilder och ord som gör mig förlamad, men den här gången måste allt gå i rätt riktning utan krockar, utan att det uppstår kaos, jag måste ta ett steg i taget utan att fundera på om jag ska börja med höger eller vänster fot. (En dag sade psykologen, madame Cortanze, till pappa att intellektuellt brådmogna barn har en stor förmåga att bilda begrepp, att se på världen, men att de kan bli hjälplösa i relativt enkla situationer. I mina ögon verkade det vara en allvarlig sjukdom, ett stort handikapp som jag aldrig kommer att övervinna.)

Jag säger åt No att vänta på mig, att inte röra sig ur fläcken, och det är nog första gången jag tilltalar henne så där bestämt. Hon har gett upp. Orkar inte protestera, orkar inte säga nej. Jag går över gatan igen, tar Lucas under armen, i vanliga fall skulle jag aldrig kunna göra så, men ibland kräver omständigheterna det. För några dagar sedan berättade han för mig att han bor praktiskt taget ensam i en femrumslägenhet. Hans pappa har flyttat till Brasilien, han skickar pengar. Hans mamma sover sällan där, hon lämnar meddelanden till honom på post-it-lappar på ytterdörren, kommer aldrig på föräldrasamtal, men hon skriver ut en check en eller två gånger i månaden när kylskåpet är tomt. Det kommer en städhjälp en gång i veckan och ser till att han äter ordentligt.

Jag förklarar kortfattat situationen för honom, det gäller

att handla snabbt och det spelar ingen roll om jag sluddrar eller är rödflammig på halsen, vi har ingen tid att förlora. Då förstår jag varför jag har valt honom och bara honom. Han kastar ett öga på No och säger: följ med mig, tjejer.

Hon är inte nödbedd och följer oss hack i häl. När vi kommer hem till Lucas kräks hon på toaletten, hon säger att hon har petat i sig något läkemedel men jag vågar inte fråga vilket. Ur ett skåp tar Lucas fram en badhandduk, perfekt vikt och struken, en sådan som i reklamfilmerna för sköljmedel där någon idiotisk nalle berättar om sitt liv, hon har nog inte sett en sådan handduk på länge, hon protesterar inte när jag knuffar in henne i badrummet och tappar upp ett bad. Min tankar snurrar fortfarande lika snabbt i huvudet, allt löper som smort, besluten åtföljs av handling, jag ringer till mamma för att berätta att jag kommer hem med No om en timme, jag lägger på innan hon hinner svara så att hon inte kan ändra sig, jag frågar Lucas om han kan hitta något som skulle kunna passa No bland sina kläder. Han tänder en cigarett, gör en gangstergrimas som betyder: det ordnar jag. Badet är upptappat. Jag hjälper No att klä av sig, jag andas genom munnen för att slippa lukten, jag ser henne kliva ner i det varma vattnet, hon har en pojkkropp med smala höfter, magra armar, pyttesmå bröst, håret flyter ut som bruna alger, man anar revbenen på ryggen och under brösten, värmen från badet ger henne färg på kinderna, huden är så tunn att man ser blodkärlen. Jag stannar kvar hos henne eftersom jag är rädd att hon ska sjunka. Jag tar en tvättlapp och tvålar in hennes axlar, hals, ben och fötter ordentligt, jag ber henne resa sig, sätta sig, ge mig först en fot sedan den andra och hon lyder utan ett ord. Sedan ger jag henne tvättlappen för att hon själv ska ta resten och vänder mig bort, jag hör hur hon reser sig upp och sedan sätter sig ner i vattnet igen. Jag räcker henne den stora badhandduken och hon stöder sig på mig när hon kliver ur badkaret. På ytan flyter tusentals smutspartiklar tillsammans med tvålresterna.

Lucas lade fram kläder på sängen innan han smet iväg för att titta på teve. Jag hjälper No att klä på sig, jag går in i badrummet igen och skurar ur badkaret med Mr Muscle med frisk talldoft, vi har det hemma också, det blänker som av tusen eldar, nästan lika mycket som på etiketten. Jeansen och tröjan passar henne prefekt, jag undrar hur en liten kvinna har kunnat föda fram något så stort som honom, han frågar om vi vill ha något att dricka, han vågar inte se på No. Jag tackar honom för hjälpen. Det är dags att gå. Jag vet inte vad hon har stoppat i sig, men hon är där utan att vara med, hon protesterar inte ens när jag förklarar att vi ska gå hem till mig, att mina föräldrar är med på det och väntar på oss. Hon ser på mig i några sekunder, som om det tog så lång tid för informationen att nå hjärnan, sedan följer hon med. Medan vi väntar på hissen vänder hon sig till Lucas och tackar honom, han säger: kom tillbaka när ni vill. När vi kommer ut drar jag Nos resväska, hjulen är trasiga och det låter förskräckligt, men det rör mig inte i ryggen.

Vi promenerar till mitt hus, i entrén ser jag på henne en sista gång, färgen har försvunnit från kinderna, håret är fortfarande vått.

Jag ringer på dörren innan jag öppnar. Jag vet att jag kan förlora henne.

PAPPA OCH MAMMA kom ut ur köket för att ta emot oss, och när jag presenterade dem för varandra knep jag med tårna i skorna. Pappa tvekade lite, det var nära att han tog henne i hand, men sedan gick han fram och pussade henne på kinden. No ryggade tillbaka, hon försökte le men det syntes tydligt att det var svårt.

Vi åt middag tillsammans alla fyra, mamma hade gjort en zucchinigratäng. För första gången på väldigt länge hade hon inte morgonrock på sig, hon hade tagit på sig en tröja med ränder i alla möjliga färger och svarta byxor. De ställde inga frågor. De betedde sig som om det var den mest naturliga saken i världen och mamma satt kvar under hela måltiden. För första gången på länge kändes det som om hon verkligen var med, hon var inte bara en simpel statist utan hon var närvarande hela hon. Vi pratade om allt och ingenting, pappa tog upp sin förestående tjänsteresa till Kina och återgav ett program som han hade sett på teve om utvecklingen i Shanghai. No brydde sig förmodligen inte, varken om Shanghai eller om portvaktens hund som tillbringar tiden med att gräva upp fantasiben i jordremsan på gården, eller om avläsningen av elmätarna, men det spelade ingen roll. Det viktiga var att hon kände sig väl till mods och inte kände sig iakttagen. Och för en gångs skull verkade det fungera, som vid de familjemåltider man ser i reklamen för färdiglagade rätter där dialogen flyter på utan att klinga falskt, utan döda pauser, och där det alltid är någon som skjuter in några ord i rättan tid, ingen verkar trött eller tyngd av problem, det blir aldrig tyst.

No väger nog bara fyrtio kilo, hon är arton år och ser ut som femton, händerna darrar när hon för glaset till munnen, naglarna är nedbitna, håret faller ner i ögonen och hennes rörelser är klumpiga. Det är en ansträngning för henne att stå. Att sitta. Att orka, kort sagt. Hur länge sedan var det hon åt middag i en lägenhet utan att stressa, utan att behöva lämna plats åt näste man, hur länge sedan var det hon hade en tygservett i knät och åt färska grönsaker? Det är det enda som betyder något. Allt annat kan vänta.

Efter middagen fäller pappa ut bäddsoffan på kontoret. Han hämtar lakan och ett tjockt täcke från garderoben i hallen. Han går förbi oss en sista gång och säger åt No att hennes säng är bäddad och klar.

Hon säger tack och tittar ner i golvet.

Men jag vet att ibland är det bäst att vara så där instängd i sig själv. För det räcker med en blick för att man ska svikta, det räcker att någon sträcker ut handen för att man plötsligt ska känna hur skör och sårbar man är, och för att allt ska rasa samman som ett korthus.

Det blev ingen utfrågning, det uppstod ingen misstro och inget tvivel, det blev aldrig fråga om att backa ur. Jag är stolt över mina föräldrar. De blev inte rädda. De gjorde det som krävdes.

No har lagt sig, jag stänger dörren till kontoret och släcker lampan, det är ett nytt liv som börjar för henne, det är jag säker på, ett liv med ett hem, och jag kommer alltid att finnas där vid hennes sida, jag vill aldrig någonsin att hon ska känna sig ensam igen, jag vill att hon ska känna att hon är med mig.

HON STANNAR PÅ sitt rum. Med stängd dörr. Mamma har lånat henne lite kläder, pappa har tömt kontoret så att hon ska kunna inreda sitt eget utrymme. Hon går bara ut när jag är hemma och sover praktiskt taget hela dagarna. Hon låter gardinerna vara frändragna, sträcker ut sig fullt påklädd ovanpå lakanen med armarna längs kroppen och handflatorna vända uppåt. Jag knackar tyst på dörren, smyger in, jag finner henne i denna konstiga ställning och varje gång tänker jag på Törnrosa, som låg orörlig under sin glaskupa och i hundra år slumrade i sin blå klänning som låg utbredd på sängen utan ett veck och det släta håret som inramade ansiktet. Men No vaknar, med ögonen glansiga av sömn och ett klentroget leende på läpparna, hon sträcker på sig, frågar vad som har hänt i skolan, om klassen, och jag berättar innan jag går och gör mina läxor med dörren stängd om mig.

Senare går jag och hämtar henne till middagen, hon slukar allt på tallriken, hjälper till att duka av, vågar sig ut på en rundtur på några minuter i lägenheten, och går sedan in på rummet och sträcker ut sig igen.

Hon återhämtar sig.

När man ser henne skulle man kunna tro att hon har kommit tillbaka efter en lång resa, att hon har korsat öknar och världshav, vandrat barfota på bergsstigar och gått kilometervis på riksvägar, trampat okänd mark. Hon har varit långt borta.

Hon har varit i trakter som är osynliga trots att de ligger så nära.

I veckor har hon köat för att få mat, tvätta sina kläder och få en sängplats. I veckor har hon sovit med skorna under huvudkudden, väskor och påsar inklämda mellan sig själv och väggen, och pengar och id-kort i trosorna för att inte bli av med dem. Hon har sovit med ena ögat, i papperslakan, använt det som funnits till hands som täcke och enda skydd. I veckor har hon blivit utslängd i ottan och irrat runt hela dagarna utan planer, utan framtid, i den där parallella världen som faktiskt är vår, hon har inte letat efter något annat än ett ställe där hon inte skulle bli utkastad, någonstans att bara sitta eller att sova på.

Hon försöker ta så lite plats och vara så tyst som möjligt, tar en snabb dusch på morgonen, dricker ur kaffet som pappa har lämnat på eftervärme utan att tända kökslampan, smyger ljudlöst fram och stryker utmed väggarna. Hon svarar ja eller nej, går med på nästan allt vi föreslår och slår ner blicken, utom inför mig. En gång satte jag mig ner bredvid henne på sängen, hon vände sig mot mig och sade: håller vi ihop nu, du och jag? Jag svarade ja, jag förstod inte riktigt vad det innebar för henne, att hålla ihop, det är något hon frågar ofta: vi håller väl ihop, Lou? Nu vet jag. Det betyder att ingenting någonsin kommer att kunna skilja oss åt, det är som en pakt mellan oss, en ordlös pakt. Om nätterna går hon upp, knallar runt i lägenheten, spolar vatten, ibland verkar det som om hon är vaken i flera timmar, jag hör dörren i hallen och hennes lätta steg på heltäckningsmattan. En natt överraskade jag henne med näsan tryckt mot fönstret i vardagsrummet, där hon från femte våningen såg ut över staden, det omöjliga mörkret, bilarnas röda och vita lyktor, ljusets bana, ljusgårdarna från gatlyktorna och andra, mindre ljuspunkter som snurrar runt i fjärran.

Lucas väntar på mig utanför skolan. Han har skinnjackan på sig och ett svart hårband som håller håret på plats, skjortan hänger ner under tröjan och han är jättelång.

– Hur går det, Smulan?

– Hon lämnar sällan sitt rum, men jag tror att hon kommer att stanna.

– Och dina föräldrar?

– De är med på det. Hon får hämta krafter ett tag till och sen kan hon söka jobb, när hon mår bättre.

– Det sägs att hemlösa människor är trasiga. Efter ett tag kan de inte leva normalt längre.

– Jag struntar i vad som sägs.

– Jag vet, men ...

– Problemet är just men, med men kommer man aldrig nånstans.

– Du är pytteliten och jättestor, Smulan, och du har alldeles rätt.

När vi går in i mattesalen tittar de andra på oss, framför allt Axelle och Léa, Lucas sätter sig bredvid mig på andra raden.

Efter jullovet har han slutat sitta längst bak i salen och håller mig sällskap i stället. I början kunde lärarna inte dölja sin förvåning och Lucas fick alla möjliga kommentarer och varningar, jaså, monsieur Muller, nu har ni hamnat i lämpligt sällskap, mademoiselle Bertignac skulle kanske kunna överföra lite av sitt allvar till er, passa på att bättra på ert uppförande, undvik att hämta inspiration från grannens prov, ni ska se att det är lika behagligt där som längst bak i salen.

Men Lucas har inte ändrat sina vanor för det. Han antecknar sällan under lektionerna, glömmer att stänga av mobilen, sjunker ner på stolen, låter demonstrativt benen sticka ut i gången och snyter sig ljudligt. Men han välter aldrig omkull bänken.

De andra visar mig i fortsättningen någon sorts respekt, till och med Axelle och Léa hälsar på mig och ler. Jag hör inte längre några kvävda skratt eller viskningar när jag måste svara på en fråga som ingen annan har kunnat svara på, jag upptäcker inga menande blickar när jag är klar med min skrivning före alla andra.

Han är kung, oförskämd och upprorisk, jag är bäst i klassen, medgörlig och tystlåten. Han är äldst och jag är yngst, han är längst och jag är pytteliten.

På kvällen brukar vi ta metron eller bussen tillsammans, han följer mig hem, jag vill inte dra ut på tiden på grund av No. För hennes skull tar han med sig serietidningar, chokladkakor och cigaretter i en liten ask som hon röker i fönstret.

Han frågar hur det går, oroar sig över hur hon mår, säger att vi är välkomna hem till honom när hon mår bättre.

Vi har vår hemlighet.

SEDAN NÅGRA DAGAR tillbaka har hon börjat komma ut ur sitt rum och intressera sig för vad vi håller på med. Hon erbjuder sig att handla, går ut med soporna och hjälper till att laga mat och duka. Hon lämnar dörren öppen, bäddar sängen, plockar undan i köket, dammsuger och ser på fotboll med oss. Hon går ut en sväng på dagarna, men kommer aldrig hem senare än klockan sju på kvällen.

När jag kommer hem från skolan kommer hon in på mitt rum, lägger sig på heltäckningsmattan medan jag läser läxorna, bläddrar i en tidskrift eller en serietidning, eller ligger bara där med vidöppna ögon, utsträckt under den konstgjorda himlen med självlysande stjärnor i taket i mitt rum, jag ser hennes bröstkorg höjas och sänkas i takt med att hon andas, jag försöker avläsa tankarna i hennes ansikte, men de syns inte, aldrig någonsin.

När vi sitter till bords tittar hon på mig när jag äter, jag kan se att hon anstränger sig för att inte göra bort sig, hon har inte armbågarna på bordet, sitter rak i ryggen, söker bekräftelse i min blick och jag är säker på att hon aldrig har fått lära sig hur man ska hålla i kniv och gaffel, att man inte ska torka upp såsen med brödet, skära salladen och så, och jag är ändå ingen förebild på området, trots att farmor absolut vill lära mig bordsskick när jag hälsar på henne på loven. Häromdagen berättade jag för No om den berömda incidenten förra sommaren hos faster Yvonne, farmors syster som gifte sig med sonen till en riktig hertig och så. Farmor och jag blev bjudna på te hos dem och i tre dagar innan gav hon mig mängder av råd och hon köpte en fruktansvärd klänning åt mig, och i bilen på vägen dit gav hon mig de sista råden innan vi parkerade framför det vackra huset. Faster Yvonne hade bakat små madeleinekakor och mandelflarn. Jag drack mitt te med lillfingret spretande, vilket farmor inte verkade gilla något vidare, men jag satt som hon hade visat mig, med rumpan ytterst på kanten av sammetssoffan och benen ihop men inte i kors, det var ganska besvärligt att äta kakor med tekopp och tefat i ena handen utan att smula på mattan. Vid ett tillfälle ville jag göra mig lite märkvärdig (som farmor säger), det var inte lätt att ta till orda i en så högtidlig stämning, men jag tog mod till mig. Jag ville säga: Det smakar förträffligt, faster Yvonne. Jag vet inte vad som hände, någon slags kortslutning i hjärnan, men jag tog ett djupt andetag och sade lugnt och sansat och artikulerade väl:

– Det smakar för-fär-ligt.

No skrattade som en galning när jag berättade det. Hon ville veta om jag fick skäll. Men faster Yvonne förstod att det uppstått ett kopplingsproblem, eller att det var sinnesrörelsen, och skrattade bara till, som en hostning.

Det är som om No alltid har varit här. Vi ser hur hon återhämtar sig mer och mer för varje dag. Vi ser hur hennes ansikte förändras. Och hennes sätt att röra sig. Vi ser hur hon lyfter huvudet, rätar på ryggen och får stadigare blick.

Vi hör henne skratta framför teven och gnola med i sånger som hon hör på radion i köket.

No bor hos oss. Ute har det blivit vinter, folk skyndar fram på gatorna och smäller igen tunga portar efter sig, slår in koder, ringer på porttelefoner och vrider om nycklar i låsen.

Ute sover kvinnor och män i sovsäckar eller under tomkartonger, ovanför metrogallren, under broar, eller direkt på marken, ute sover kvinnor och män i skrymslen i en stad som stänger dem ute. Jag vet att hon tänker på det ibland men vi pratar inte om det. Ibland överraskar jag henne om kvällarna, när hon står med pannan mot fönstret och tittar ut i natten, och jag har ingen aning om vad som rör sig i hennes huvud, jag har ingen aning.

AXELLE VERNOUX ÄR nyklippt och håret är jättekort men hon har lång, blekt lugg, det är dagens sevärdhet, hon skrattar tillsammans med Léa på skolgården, de är omgivna av pojkar, himlen är blå och det är iskallt. Det skulle vara enklare om jag var som de, om jag hade tajta jeans, lyckoarmband, bh och så. Men, men ...

Alla elever har tysta satt sig ner i sina bänkar. Monsieur Marin ropar upp varje namn högt, kastar en blick och prickar av. Han drar de sista.
 – Pedrazas ... ja, Réviller ... ja, Vandenbergue ... ja, Vernoux ... nej.
 Axelle lyfter ett finger.
 – Men monsieur Marin, jag är ju här!
 Han ser på henne med lätt avsmak.
 – Jag känner inte er.
 Hon tvekar ett ögonblick, rösten darrar.
 – Det är jag, Axelle Vernoux.
 – Vad har ni råkat ut för?

Det går en susning genom klassen. Hon får tårar i ögonen och ser ner. Jag gillar inte att man förödmjukar folk så där, omotiverat, utan anledning. Jag böjer mig fram mot Lucas och säger: det är förfärligt, och den här gången menar jag precis det.

– Mademoiselle Bertignac, har ni en kommentar ni vill dela med oss?

En tiondels sekund tänker jag efter. Inte mer. En tiondels sekund räcker. Jag är inte modig, jag är inte självsäker, det skulle passa mig fint att vara utrustad med en *backa tio minuter i tiden*-funktion.

– Jag sa att det är förfärligt. Ni har inte rätt att göra så där.

– Ni kan slåss för rättvisan i läsesalen, mademoiselle Bertignac, plocka ihop era saker.

Man får inte klanta till sortin. Det gäller att inte snubbla på mattkanten. Jag plockar ihop böckerna, räknar stegen, tjugosex, tjugosju fram till dörren, så där, jag är ute, jag andas fortfarande och jag är mycket större än jag ser ut.

Efter lektionen tar Axelle mig i armen och säger tack, det varar en sekund men det räcker, allt ryms i hennes blick.

No väntar på mig utanför skolan, vi har planerat att gå hem till Lucas. Hon har en grön tröja på sig som är mammas och håret uppsatt med ett spänne, huden har fått ny lyster, hon är söt. Lucas kommer ifatt oss, gratulerar mig till min sorti, kindpussar No som en tjejkompis och det sticker till i hjärtat på mig, vi gör sällskap alla tre till metron.

Det hänger tavlor överallt, vardagsrummet är enormt stort med persiska mattor och antika möbler, ingenting har lämnats åt slumpen, allt är storslaget, men ändå tycks varje rum livlöst, som en filmdekor, som om allt var ett falsarium. En kväll förra året när Lucas kom hem från skolan hittade han ett brev från sin pappa. Han hade planerat uppbrottet i flera veckor utan att säga något, och en morgon packade han resväskan och slog igen dörren bakom sig med nycklarna på insidan. Pappan tog flyget och kom aldrig tillbaka. I brevet bad han om förlåtelse och sade att Lucas skulle förstå senare. För några månader sedan träffade hans mamma en ny man som Lucas avskyr, han tillhör tydligen typen som av princip aldrig ber om ursäkt och anser att alla andra är idioter, de har varit nära att ryka ihop flera gånger, så hans mamma har flyttat till mannen i Neuilly. Hon ringer till Lucas då och då och kommer hem över helgen ibland. Pappan skickar pengar och vykort från Brasilien. Lucas visar oss runt, No följer efter och ställer frågor, hur gör han med maten, hur kan han bo ensam i en så stor lägenhet, får han aldrig lust att resa efter, till Rio de Janeiro?

Lucas visar foton av sin pappa i olika åldrar, ett flaskskepp som de gjorde tillsammans när han var liten, japanska litografier som han har lämnat kvar och hans knivsamling. Det finns massor, långa, korta och mellanstora, dolkar, fällknivar, stiletter, av olika märken från alla världens länder: Laguiole, Kriss, Thiers, handtagen känns tunga i handen, bladen är tunna. No tar fram dem en efter en, jonglerar med dem, smeker stålbladen och handtagen i trä, elfenben eller horn. Jag kan se att Lucas är rädd att hon ska skada sig, men han vågar inte säga något, han ser bara på och det gör jag också, hon hanterar dem skickligt, det verkar som om hon inte har gjort något annat i sitt liv, hon är inte rädd. Till slut föreslår Lucas att vi ska äta något och No lägger tillbaka knivarna i askarna, själv har jag inte rört dem.

Vi sitter vid köksbordet, Lucas har tagit fram kakor, choklad och glas. Jag ser på No, på hennes handleder, färgen på hennes ögon, de bleka läpparna och det svarta håret. Hon är så vacker när hon ler trots gluggen där det saknas en tand.

Senare ligger vi utfläkta i soffan och lyssnar på musik, cigarettröken ligger som ett ogenomträngligt moln omkring oss, det känns som om gitarrerna skyddar oss, som om världen tillhör oss.

PÅ PAPPAS INRÅDAN söker No på nytt upp sin socialassistent. Hon har tagit itu med det pappersarbete som krävs och går två gånger i veckan till ett dagcenter där unga tjejer med svåra problem får hjälp att återanpassa sig. Där kan hon ringa, ta fotokopior och låna en dator. Det finns en cafeteria där och de delar ut lunchkuponger. Och hon har börjat söka arbete.

Pappa har skaffat nycklar åt henne och hon kommer och går som hon vill, hon äter ofta lunch på Burger King eftersom de ger växel på lunchkupongerna så att hon kan köpa rulltobak, hon svarar på platsannonser och går spontant in i butiker men kommer aldrig hem särskilt sent. Hon tillbringar rätt mycket tid med min mamma, hon berättar om sitt jobbsökande men även om andra saker, för det är mamma som är bäst på att få henne att prata. Ibland när man frågar henne om något blir hon avvisande och hon låtsas inte höra, men ibland börjar hon berätta något när vi som minst väntar oss det, medan mamma lagar mat, plockar undan disken, eller när jag läser läxor, det vill säga när vi inte ger henne så mycket uppmärksamhet, när vi kan lyssna utan att titta på henne.

I kväll kommer pappa hem senare än vanligt och vi sitter i köket alla tre, mamma skalar grönsaker (vilket i sig är en sensation) och jag bläddrar i en tidskrift. Mamma ställer frågor men det är inga automatiska, förinspelade frågor, utan riktiga frågor som ger intryck av att komma från någon som intresserar sig för svaren. Det retar mig lite men No börjar berätta.

Hennes mamma blev våldtagen i en lada när hon var femton år gammal. De var fyra stycken. De kom från en bar, hon kom cyklande och de tvingade in henne i sin bil. När hon upptäckte att hon var med barn var det för sent för att göra abort. Hennes föräldrar hade inte råd att låta henne resa till England, där den lagliga gränsen för abort var generösare. No föddes i Normandie. Suzanne slutade skolan när hon började bli rund om magen. Hon återupptog aldrig studierna. Hon gjorde aldrig någon polisanmälan för att slippa skammen. Efter förlossningen fick hon jobb som städerska på en stormarknad i närheten. Hon höll aldrig No i famnen. Hon kunde inte förmå sig att röra henne. No bodde hos sina morföräldrar tills hon var sju. I början pekade folk finger åt dem och viskade bakom deras ryggar, man tittade bort när de gick förbi, suckade och förutspådde det värsta. De blev isolerade, det har hennes mormor berättat. Hon tog med No till marknaden och till katekesundervisningen, hämtade henne i byskolan. Hon höll henne i handen när de gick över gatan, rak i ryggen och med högburet huvud. Sedan glömde folk. No minns inte längre om hon alltid har vetat att mamman var hennes mamma, hon kallade henne i alla händelser inte mamma. När No blev lite större vägrade mamman att sitta bredvid henne vid matbordet. Hon ville inte sitta mitt emot henne heller. No måste sitta en bit bort, i hennes döda vinkel. Suzanne kallade henne aldrig vid namn, tilltalade henne aldrig direkt, pekade på henne på avstånd och sade *hon*. På kvällarna brukade Suzanne gå ut med killar från trakten som hade motorcykel.

Morföräldrarna tog hand om No som sin egen dotter. De hämtade kläder och leksaker på vinden, köpte bilderböcker och pedagogiska spel åt henne. När hon talar om dem är hennes röst högre, hon visar en antydan till leende, som om hon lyssnade på en sång full av minnen, en sång som gör henne sårbar. De bodde på en gård, hennes morfar var jordbrukare och födde upp kycklingar. När Suzanne var arton år träffade hon en man på en nattklubb. Han var äldre än hon. Hans fru hade dött i en bilolycka när hon bar på ett barn som aldrig fick födas. Han arbetade i Choisy-le-Roi på ett säkerhetsbolag och tjänade pengar. Suzanne var vacker, hon gick klädd i kortkort och hade långt, svart hår. Han föreslog att hon skulle följa med honom till Paris och de flyttade dit sommaren därpå. No stannade kvar på gården. Hennes mamma kom aldrig tillbaka och hälsade på.

No hade precis börjat i första klass när hennes mormor dog. En morgon klättrade hon upp på en stege för att plocka äpplen, men det blev inget äppelmos det året, hon föll och landade på ryggen, som en stor godispåse, och blev liggande där på marken i sin blommiga städrock. Det rann lite blod ur munnen på henne. Ögonen var slutna. Det var varmt. Det var No som underrättade grannen.

No kunde inte bo kvar hos sin morfar. Han hade kycklingarna och arbetet på åkrarna. Och en ensam man med en liten flicka, det passade sig inte. Så No flyttade till sin mamma och motorcykelmannen i Choisy-le-Roi. Hon var sju år.

Plötsligt blir hon tyst. Händerna vilar platt på bordet och hon tiger. Jag skulle så gärna vilja höra resten, men man får aldrig skynda på henne, det har mamma förstått för länge sedan och ställer inga fler frågor.

Under loppet av några veckor har No funnit sig tillrätta hos oss, hon har fått färg på kinderna och antagligen gått upp några kilo, hon följer med mig överallt, hänger tvätt, tömmer brevlådan, röker på balkongen, är med när vi väljer dvd. Vi har nästan glömt tiden innan, hur det var utan No. Vi kan vara tillsammans i timmar utan att säga ett ord, jag märker att hon väntar sig att jag ska be henne följa med, att hon tycker om när vi går in i hissen samtidigt med ett uppdrag att utföra, när vi handlar tillsammans, när vi kommer hem efter mörkrets inbrott. Det är hon som har listan i fickan, hon bockar av vartefter och kollar en sista gång att vi inte har glömt något innan vi går till kassan, som om världens väl och ve hängde på det. På hemvägen brukar hon stanna till ibland och plötsligt fråga, till synes utan anledning:

– Vi håller väl ihop, Lou, vi håller väl ihop?

Det finns en annan fråga som ofta återkommer, hon vill veta om jag har förtroende för henne, om jag litar på henne, och jag svarar ja igen precis som på den första frågan.

Jag kan inte låta bli att tänka på en mening som jag har läst någonstans, jag minns inte var: den som ständigt försäkrar sig om ditt förtroende blir den förste som förråder det. Jag försöker hålla den tanken ifrån mig.

Mamma har börjat bläddra i tidskrifter igen, hon har lånat böcker på biblioteket och besökt några utställningar. Hon klär sig, fixar till håret, sminkar sig, äter middag med oss varje kväll, ställer frågor, berättar anekdoter, om något som hon har råkat ut för under dagen eller en scen hon har bevittnat, hon lär sig att använda orden på nytt, hon tvekar som en konvalescent, snubblar i tankegången, sätter igång igen, hon har ringt upp några väninnor, återupptagit kontakten med gamla kollegor och köpt lite nya kläder.

På kvällarna när vi sitter till bords kommer jag på pappa med att titta på henne, hans blick är klentrogen och rörd, och samtidigt fylld av oro, som om alltihop är oförklarligt och hänger på en tråd.

DET FINNS EN sak jag stör mig på med livet, en sak man inte kan göra något åt: det är omöjligt att sluta tänka. När jag var liten tränade jag mig på det varenda kväll, jag låg i sängen och försökte tömma huvudet på tankar, jag jagade bort dem en efter en innan de hann formas till ord, jag ryckte upp dem med roten, jag utplånade dem vid källan, men jag stötte alltid på samma problem: att tänka på att sluta tänka, det är fortfarande att tänka. Och det kan man inte göra något åt.

En dag försökte jag ta upp frågan med No, jag tänkte att hon som hade upplevt så mycket kanske hade en lösning, ett sätt att kringgå problemet, men hon såg retsamt på mig.

– Slutar du aldrig?

– Slutar med vad då?

– Att grubbla.

– Ja men, det är just det jag försöker förklara för dig: när man tänker efter går det inte.

– Jo, när man sover.

– Men när man sover drömmer man ...

– Gör som jag, sluta drömma, det är inte hälsosamt.

Hon tycker inte att det är idiotiskt av mig att klippa ut ingredienserna på kartongerna till djupfrysta rätter, att jag samlar på etiketter från kläder och textilier, att jag gör jämförande tester av papperslängden i toarullar, hon ser på medan jag mäter, sorterar och klassificerar med ett snett leende, ett leende utan spår av ironi. När jag sitter bredvid henne och klipper ut ord ur tidningar och klistrar in dem i min anteckningsbok undrar hon om jag inte har tillräckligt många redan och vad det tjänar till, men hon hjälper mig att slå i ordboken, och det syns att hon gillar det, det hörs när hon läser upp definitionen för mig, väldigt seriöst och så. En dag hjälpte hon mig att klippa ut geometriska former till skolan, hon gick verkligen in för det med hopknipna läppar och hon ville inte att jag skulle prata eftersom hon var rädd att klippa fel, det verkade så otroligt viktigt för henne att allt skulle bli perfekt, på en mikrohundradels millimeter när, och jag berömde henne verkligen när hon var klar. Det hon tycker bäst om är att förhöra mig på mina engelskläxor. En gång skulle jag läsa en dialog mellan Jane och Peter om ekologi och jag vågade inte säga att jag bara behövde läsa den högst två gånger för att kunna den utantill, hon ville absolut vara Peter och att jag skulle vara Jane. Med dörolig fransk brytning fick hon göra tio försök innan hon lyckades uttala ordet *worldwide*, hon fastnade på det, gjorde en grimas och började om. Vi skrattade så mycket att vi aldrig tog oss igenom hela texten.

När jag är upptagen gör hon ingenting långa stunder, det är nog det enda som påminner mig om hennes bakgrund; hon kan slå sig ner var som helst, som ett föremål, och vänta på att minuterna ska gå med blicken i fjärran, som om hon väntade på att något skulle komma och ta henne med någon annanstans, som om allt det här i grund och botten inte räknades, inte betydde något, som om allt det här plötsligt kunde upphöra.

När hon röker gör jag henne sällskap på balkongen, vi pratar och tittar på de upplysta fönstren, på byggnadernas konturer som avtecknar sig i mörkret och människorna i sina kök. Jag försöker ta reda på mer om hennes käresta Loïc, hon säger att han har flyttat till Irland, men att hon någon dag, när hon har skaffat pengar och en ny tand, ska åka till honom.

På kvällen stämmer vi träff hos Lucas. Efter skolan tar han och jag bussen och när det är för kallt för att vänta utomhus går vi ner i metron. No sluter upp hemma hos Lucas, där vi är ensamma och fria. Hon tillbringar dagarna med att presentera sig i butiker, hos föreningar, på byråer, hon lämnar ut sitt cv till höger och vänster, ringer upp nummer som hon har fått tips om, men får alltid samma svar. Hon slutade skolan i nian, hon kan inga utländska språk, vet inte hur man använder en dator och har aldrig haft ett arbete.

Lucas och jag diktar ihop bättre tider åt henne, lyckliga slumpar och sagor. Hon lyssnar leende, hon låter oss ge henne ett annat liv, Lucas är en mästare på det, att måla upp scener, detaljer, samband, hitta på sammanträffanden och göra det omöjliga möjligt. Jag dukar fram assietter på köksbordet, han steker bananer, strör över socker och låter det smälta, vi sätter oss där alla tre, i skydd för världen. Han härmar lärarna för att lura mig till skratt (utom madame Rivery, för han vet att jag avgudar henne och att franska är mitt favoritämne), visar oss serietidningar, affischer och dataprogram för teckning och animering, vi sitter nedsjunkna i soffan och lyssnar på musik eller ser på film, jag glider in mellan No och honom, jag känner värmen från deras kroppar mot min och det känns som om inget ont kan hända oss.

Vi går hem tillsammans, med halsdukarna uppdragna över näsan i motvinden, vi skulle kunna gå kilometervis sida vid sida, vi skulle kunna fortsätta på det viset rakt fram, ge oss av någon annanstans för att se om gräset är grönare där, om livet är behagligare, lättare.

Vad som än kommer att hända vet jag att det är de här ljusa och intensiva bilderna jag kommer att minnas, bilderna av henne när hennes ansikte är öppet, när hon och Lucas skrattar, när hon har yllemössan som pappa gav henne neddragen över sitt rufsiga hår, de här ögonblicken när hon tycks vara sig själv, befriad från rädsla och bitterhet, när hennes ögon blänker i det blå ljuset från teven.

NÄR NO BERÄTTADE för oss att hon hade fått jobb gick pappa ner och köpte en flaska champagne. Vi fick diska kristallglasen, som inte hade blivit använda på länge, och sedan höjde vi våra glas och skålade för No, pappa sade: nu börjar ett nytt liv. Jag avläste känslorna i deras ansikten, No var röd om kinderna, det behövde man inte vara specialist för att se, jag tror till och med att hon kämpade som en vansinnig för att inte börja gråta. När hon berättade mer om vad det var för jobb verkade pappa inte tycka att det var idealiskt, men hon var så glad att ingen ville förstöra nöjet för henne genom att ifrågasätta det.

Varje morgon klockan sju börjar No sitt arbete som städerska på ett hotell i närheten av Bastiljen. Hon slutar klockan fyra men vissa dagar måste hon vara kvar längre och hoppa in för killen i baren när han handlar eller kör ut leveranser. Arbetsgivaren deklarerar henne på halvtid och betalar resten svart. Hon har sagt till mina föräldrar att hon ska bjuda dem på restaurang när hon får sin första lön, och att hon ska flytta så snart hon har hittat någonstans att bo. De svarade i kör att det inte är någon som helst brådska. Hon måste ta tid på sig. Försäkra sig om att arbetet passar henne. Mamma har erbjudit sig att köpa en eller ett par uppsättningar arbetskläder och vi skrattade som galningar när vi tittade i postorderkatalogerna, vi såg No framför oss i blommig städrock i polyester, de fanns i massor av modeller och färger, med knappar framtill eller i ryggen, med stora fickor eller spetsförkläden, precis som i Louis de Funès-filmer.

Numera går No upp före oss. Väckarklockan ringer vid sex, hon gör kaffe, kastar i sig en macka och ger sig ut i mörkret. Till lunch sitter hon på en hög barstol och äter en macka med bartendern, men det får inte ta mer än en kvart, för då *går chefen upp i limningen* (jag kollade i ordboken så fort hon vände ryggen till). På kvällen byter hon om innan hon går från hotellet, släpper ut håret, tar på sig jackan och kommer hem till oss alldeles utmattad. Hon sträcker ut sig en stund med fötterna högt, ibland somnar hon direkt.

Varje dag måste hon ta hand om ett tjugotal rum och alla gemensamma utrymmen, sällskapsrummet, lobbyn och korridorerna och hon hinner inte dagdrömma för chefen har ögonen på henne. Hon har aldrig riktigt lyckats beskriva gästerna på hotellet, en blandad skara av turister och män på tjänsteresa tycks det. Hotellet är alltid fullbelagt. Chefen har lärt henne att sortera smutstvätten (med en mycket personlig syn på saken), att vika handdukarna som bara har använts en gång och som de inte tvättar och att fylla på de små schampoflaskorna. Hon får varken ta rast eller sätta sig eller prata med gästerna, en dag kom han på henne när hon rökte på bottenvåningen och vrålade att det var första och sista varningen.

Socialassistenten har sammanställt hennes ansökan om allmän sjukförsäkring och No väntar på svar. Eftersom hon har ont i ryggen skickade pappa henne till vår husläkare och gav henne pengar till undersökningen. Hon kom därifrån med ett antiinflammatoriskt och ett muskelavslappnande medel, jag läste bipacksedlarna, jag kan rätt mycket om läkemedel, eftersom mamma fortfarande äter medicin, jag brukar låsa in mig i badrummet och läsa anvisningar, dosering, biverkningar och så, jag läser i uppslagsboken om hälsa, katalogiserar molekyler och deras viktigaste egenskaper. Om någon frågar mig vad jag vill bli svarar jag akutläkare eller rocksångerska, då ler de eftersom de inte ser sambandet, men det gör jag.

No tar sina mediciner, hon verkar må bättre, hon vänjer sig. När hon jobbar över för att ta hand om baren måste hon vara uppklädd och servera gästerna tills barkillen kommer tillbaka. Mamma har lånat henne några fina kjolar som passar henne perfekt.

På tisdagarna, när hon lyckas smita iväg, träffas vi hos Lucas. Han laddar ner låtar från internet med band vi aldrig hört förut, och vi sitter bakom fördragna gardiner och pratar om allt och ingenting. No berättar hur rummen kan se ut på morgonkvisten, om kvarglömda saker, chefens strategier, hur han snålar in på varenda småsak, hon får oss att skratta när hon härmar honom och beskriver hans stora mage och fingrar som är överlastade med ringar, hon lägger sig till med basröst och låstas ideligen torka sig i pannan med en näsduk. Hon berättar anekdoter från sin arbetsdag, en gång gick toalettdörren i baklås och efter två timmar slog killen som var inlåst sönder den, en annan gäst ställde till med stor skandal när han upptäckte att hans gin var utspädd med vatten. Lucas berättar historier från skolan, målar upp porträtt av klasskamraterna, han observerar de andra eleverna på lektionerna, deras kläder, deras sätt att gå och deras manier, och han beskriver dem med förbluffande precision, förklarar vilka som är vänner, vilka som inte bryr sig och vilka som är rivaler. Han glömmer inte att berätta om sina egna snedsteg, och han antar sin vanliga gängledarstil när han beskriver alla "icke godkänd", sina bullriga sortier och sönderrivna skrivningar. Och han glömmer inte mina texter som blir upplästa i klassen, han kan recitera hela stycken utantill, och han härmar min spända uppsyn.

Resten av veckan går jag hem till honom själv och stannar en eller ett par timmar innan jag går hem till mig. Han har skapat en blogg på internet, där han skriver om tecknade serier, musik och film, han ber om min åsikt och låter mig läsa de kommentarer han får. Han vill lägga upp en rubrik enkom för mig, han har hittat på en titel: *En liten Smula*. Jag tycker om att sitta bredvid honom, känna hans doft och snudda vid hans arm. Jag skulle kunna tillbringa timmar så där med att titta på honom, på hans raka näsa, på hans händer och på luggen som faller ner i ögonen.

När han kommer på mig med att göra det ler han så otroligt fint, så lugnt, och då tänker jag att vi har livet, hela livet framför oss.

NO BODDE MED sin mamma och motorcykelmannen i en trerummare i centrum av Choisy-le-Roi. Han gav sig iväg tidigt på morgonen och kom hem sent på kvällen. Han åkte runt som agent för lås, säkerhetsdörrar och säkerhetssystem till företag. Han hade tjänstebil, flotta kostymer och en guldlänk runt handleden. No säger att hon minns honom jätteväl, att hon skulle känna igen honom om hon såg honom på gatan. Han var snäll mot henne. Han gav henne presenter, intresserade sig för hennes skolarbete och lärde henne att cykla. Han och mamman grälade ofta om No. Suzanne lät henne äta i köket, ställde fram en tallrik som åt en hund och stängde dörren. Efter en kvart kom hon tillbaka och gapade och skrek om No inte hade ätit upp. No tittade på klockan på väggen, följde sekundvisaren med blicken för att få tiden att gå. Hon försökte hålla sig undan, hon diskade, städade och handlade men flydde in på sitt rum så fort hon kunde och tillbringade timmar därinne, utan att ge ifrån sig ett ljud. När mannen lekte med henne surade mamman. Grälen blev allt vanligare och genom väggen kunde No höra skrik och höjda röster när mamman beklagade sig över att han kom hem sent, hon anklagade honom för att ha en annan. Ibland förstod No att de talade om henne, han förebrådde mamman för att hon inte tog hand om sin dotter, han sade du håller på att förstöra henne, och mamman grät. Mannen kom hem allt senare och mamman gick runt, runt som ett djur i bur. No kikade på henne i dörrspringan och hon hade velat krama om henne, trösta henne och be om förlåtelse. En gång försökte hon närma sig mamman men hon stötte bort henne så brutalt att No spräckte ögonbrynet mot en bordskant, hon har fortfarande ett ärr.

En kväll året därpå gav sig mannen av. När han kom hem från arbetet lekte han med No, läste en saga för henne och stoppade om henne. Senare på natten hörde No oväsen, hon steg upp och överraskade honom i hallen med en stor sopsäck fylld med grejer, han var klädd i en lång, grå rock. Han ställde ifrån sig säcken och smekte henne över håret.

Han stängde dörren efter sig.

Några dagar senare dök det upp en socialassistent. Hon ställde frågor till No, hade pratat med hennes lärarinna och med grannarna och sade att hon skulle komma tillbaka. No minns inte om mamman redan hade börjat dricka innan mannen lämnade henne. Hon köpte öl i åttapack och bordsvin på flaska, hon brukade fylla en hel kundvagn. No hjälpte henne att bära det uppför trappan. Hon hade fått jobb som kassörska i ett snabbköp i närheten och hon började dricka så snart hon kom hem därifrån på kvällarna. Hon brukade somna fullt påklädd framför teven. Då stängde No av teven, lade en filt över henne och tog av henne skorna.

Sedan flyttade de till Ivry, till en subventionerad bostad där hennes mamma fortfarande bor. Hon blev av med jobbet. No stannade ofta hemma istället för att gå till skolan, och hjälpte henne att ta sig ur sängen, dra ifrån gardinerna, laga mat. Mamman tilltalade henne aldrig, hon gjorde tecken med händerna eller huvudet för att säga ge mig det eller det, ja, nej, hon sade aldrig tack. I skolan höll No sig undan, gömde sig bakom stolparna på skolgården, lekte aldrig med de andra, gjorde inte sina läxor. På lektionerna räckte hon aldrig upp handen och hon svarade inte när hon blev uppropad. En dag kom hon dit med spräckt läpp och blåmärken över hela kroppen. Hon hade ramlat i trappen och brutit två fingrar men inte fått någon vård. Socialassistenten skrev en rapport till socialnämnden.

Vid tolv års ålder blev No placerad i en fosterfamilj. Monsieur och madame Langlois drev en bensinstation vid infarten till Colombelles. De bodde i ett nybyggt hus, hade två bilar, storbildsteve, video och en matberedare av allra senaste modell. No inleder alltid med detaljer av det slaget. Deras tre barn hade flyttat hemifrån när de anmälde sig som fosterföräldrar. De var snälla. No bodde hos dem i flera år och hennes morfar kom och hälsade på en eftermiddag i månaden. Monsieur och madame Langlois köpte kläder åt henne, gav henne fickpengar och oroade sig över hennes dåliga betyg. På högstadiet började hon röka och hänga med killar på barer. Hon kom hem sent, satt i timmar framför teven och vägrade att gå och lägga sig. Hon var rädd för mörkret.

Efter flera rymningar blev hon skickad till en internatskola för ungdomar på glid i närheten. Hennes morfar fortsatte att komma på besök, ibland åkte hon till honom på de kortare loven.

Det var på internatet hon träffade Loïc. Han var lite äldre än hon och populär bland tjejerna. De spelade kort efter lektionerna, berättade sina livs historier för varandra och klättrade över staketet på nätterna och spanade efter stjärnfall. Det var också där hon lärde känna Geneviève, tjejen som jobbar på stormarknaden Auchan, och de blev genast vänner. Genevièves föräldrar hade dött några månader tidigare i en eldsvåda, hon fick utbrott på lektionerna och krossade fönsterrutor, ingen fick komma i närheten av henne. Hon kallades *den vilda*, hon kunde slita ner gardinerna och riva dem i strimlor. Varannan helg åkte Geneviève till sin mormor och morfar i närheten av Saint-Pierre-sur-Dives. Ett par gånger erbjöd hon No att följa med, de tog tåget och Genevièves mormor mötte dem på stationen. No tyckte om huset med de vita väggarna, det var högt i tak och hon kände sig trygg där.

Geneviève var besatt, besatt av tanken på att klara sig. Det är No som säger det. När Geneviève slutade gå bärsärkagång och dunka huvudet i väggarna tog hon en yrkesexamen och flyttade till Paris. No började rymma igen.

Vi hör nyckeln i låset, pappa kommer in i köket och No avbryter sig. När hon talar med mamma skärper hon sig och använder färre svordomar. Jag märker nog hur mamma svarar henne. När man är arton år är man vuxen, det märks på hur folk tilltalar en, med en sorts hänsyn och distans, inte som när de tilltalar barn, det är inte bara en fråga om innehåll utan också om formen, man är jämbördig på något sätt, det är så mamma talar med No, med ett speciellt tonfall, och jag erkänner att det sticker till som av små nålar i hjärtat på mig.

När jag var tre eller fyra år gammal trodde jag att åldern kastades om. Att mina föräldrar skulle bli yngre ju äldre jag blev. Jag såg mig själv stå i vardagsrummet med rynkad panna och pekfingret i vädret och strängt säga: nu har ni ätit nog med Nutella.

SÖNDAGEN ÄR hushållsexperimentens dag: hur reagerar olika sorters bröd (formbröd, baguette, vetebröd, fullkornsbröd) på åttan i brödrosten, hur lång tid tar det innan fotavtryck försvinner på ett fuktigt golv, hur lång tid tar det innan läppavtryck försvinner från en immig spegel, vad är det för skillnad i hållbarhet mellan ett hårband och en vanlig gummisnodd, hur snabbsmält är Nesquik jämfört med pulverkaffe, jag nedtecknar fördjupade analyser och renskriver en sammanfattning i en för ändamålet avsedd anteckningsbok. Sedan No flyttade in måste jag ta hand om henne, jag menar när hon inte är på jobbet, det är också en sorts experiment, på mycket hög nivå, ett omfattande experiment riktat mot ödet.

På kvällen när No har slutat jobbet kommer hon alltid in i mitt rum. Hon lägger sig på golvet med fötterna på en stol och armarna under huvudet, vi berättar en massa småsaker för varandra, jag gillar när tiden rinner mellan fingrarna utan att man känner sig uttråkad, fast det egentligen inte händer något är det behagligt att bara sitta där. Hon ber mig alltid berätta om klassen in i minsta detalj, vill veta hur Axelle var klädd, vilket betyg Léa fick, hur det gick för Lucas, hon kan namnen på nästan alla och frågar vad som har hänt som om det vore en följetong. Ibland tror jag att hon saknar det, skolan och så, och att hon gärna skulle vilja rusa omkring i shorts i en gymnastiksal, äta oxtunga i matsalen och sparka på läskautomaten. Ibland ber hon mig följa med ut, som om hon plötsligt inte kunde andas, som om hon måste få frisk luft. Då går vi en sväng, roar oss med att låtsas att vi är lindansare och hoppar från ruta till ruta på trottoaren, aldrig hade jag trott att hon kunde gilla sådant, men No hänger med på alla mina äventyr, antar alla mina utmaningar och det slutar nästan alltid med att hon vinner. Häromkvällen satte vi oss på en bänk, det var otroligt milt för att vara januari, vi bara satt där, sida vid sida och räknade kvinnor som hade stövlar på sig (en epidemi) och bulldoggar i koppel (det är också på modet).

Med henne är ingenting absurt eller meningslöst. Hon säger aldrig "vad ska det vara bra för", hon bara hakar på. Hon följde med mig till byggvaruhuset Monsieur Bricolage för att köpa en tvättlina som jag ska ha i mitt rum (och hänga upp mina experimentgrejer i), hon hjälpte mig att samla ihop gamla metrobiljetter (jag ville förstå vilken kod de använder och hur kontrollanterna kan veta om biljetten är giltig eller inte) och hon hjälpte mig att testa tätheten på olika Tupperwareburkar i badkaret. I början gillade hon att assistera mig och räcka mig tången, saxen och burkarna snabbt och effektivt, men nu deltar hon aktivt i arbetet, hon föreslår nya metoder och till och med lösningar.

Jag märker att hon inte har det lätt på jobbet men hon tycker inte om att prata om det. Kanske kommer hon att hitta något bättre på ett annat hotell eller någon annanstans så småningom, när hon har skaffat sig lite erfarenhet. Men än så länge travar hon iväg varje morgon medan det fortfarande är mörkt ute och tillbringar all sin lediga tid med mig.

Hon har fått lite nya kläder från Emmaus, en röd kjol, väldigt kort, och två par tajta brallor. Mamma har gett henne några tröjor som hon använder mycket men hon ville absolut behålla sin jacka, den hon hade när vi träffades, mamma har lämnat in den på tvätt men spåren är inte helt borta. Hon gick tillbaka till socialassistenten för att ansöka om bostad, men eftersom hon får halva lönen svart har hon inte en chans. Det enda hon kan hoppas på är att få en plats på ett stödboende för hemlösa där man får bo under längre perioder.

Jag vill inte att hon ska flytta. Jag påminner henne om att vi ska hålla ihop, det var hon som sade det, det är ett löfte oss emellan: vi håller väl ihop, No, och då nickar hon och slutar tjata om att det inte kan fortsätta så här.

PÅ LEKTIONERNA SKRIVER Lucas små lappar som han viker ihop och sticker till mig. *Awful!* skriver han när engelskläraren har på sig en konstig kjol med fransar och pärlor nedtill, och *Han kan fara åt helvete* när monsieur Marin underkänner honom för femtioelfte gången, *Var är gnomen?* står det när Gauthier de Richemont är frånvarande (en pojke som inte är speciellt snygg och som han avskyr därför att han tjallade en gång när Lucas rökte på toaletten). På franskan håller han sig lugn till och med när vi har grammatik, det är de lektioner då jag är som mest uppmärksam och avskyr att bli störd, jag koncentrerar mig för att inte missa någonting. Madame Rivery ger mig extrauppgifter, det är som ett logik- och slutledningsspel, en övning i dissekering utan vare sig lik eller skalpell.

De som tror att grammatik bara är en uppsättning regler och måsten tar miste. Om man lägger ner lite tid på det upptäcker man att grammatiken avslöjar sådant som döljs i historien, skyler över oordning och förfall, skapar förbindelser och för motsatser närmare varandra – grammatiken är en fantastisk möjlighet att organisera världen så att den blir som man vill ha den.

Pappa är på tjänsteresa i Shanghai och han gav mig tusen förmaningar innan han åkte. Jag får inte vara ute för sent, jag måste hjälpa mamma med maten och meddela honom om det uppstår problem. Han ringer varje morgon och pratar med mig, han oroar sig för mamma, undrar hur hon mår och om hon går ut när han inte är där. Jag går in i ett annat rum och redogör för allt i detalj för att lugna honom, ja, hon handlar och lagar mat, hon pratar, hon har köpt tyg på marknaden Saint-Pierre och tänker klä om några gamla kuddar.

På kvällarna äter vi middag tillsammans alla tre. Eftersom pappa inte är hemma passar vi på att äta sådant som han ogillar, hamburgare, pommes frites, potatiskroketter, men det aktar jag mig för att säga när han ringer. Mamma struntar fullständigt i allt vad kost och hälsa heter, hon har viktigare saker att tänka på.

Igår berättade hon för No hur jag vid fyra års ålder lärde mig läsa på några veckor på paketen med frukostflingor, tvättmedel och chokladpulver, innan jag övergick till böcker. Sedan berättade hon om den gången då jag klättrade upp på kylskåpet för att studera hur värmepannan fungerade och trillade ner, och om hur jag plockade isär min Fisher Price-bandspelare för att se hur den funkade. Uppmuntrad av Nos intresse berättade hon fler historier från min uppväxt, om när vi glömde kvar min gula kanin på en rastplats vid motorvägen, om min uppblåsbara badanka som jag vägrade lämna ifrån mig och sov med en hel sommar, om de rosa sandalerna med en gul stjärna på som jag gick omkring i halva vintern och mitt brinnande intresse för myror.

Jag lyssnade och tänkte att det är otroligt, mamma har minnen. Allt har alltså inte raderats. Mamma gömmer färgbilder i sitt minne, bilder från förr.

Vi satt uppe länge, hon hade öppnat en flaska vin åt sig och No, och jag fick smutta på det. No började fråga henne om hur det var när hon var ung, hur gammal hon var när hon träffade pappa, hur gamla de var när de gifte sig, om vi alltid hade bott i vår lägenhet, om det var länge sedan hon slutade arbeta och så. När mamma talade om Thaïs höll jag på att trilla av stolen, för No gav mig en förebrående blick som betydde varför har du aldrig berättat det, och jag stirrade på min tallrik, för det finns inga skäl. Vissa hemligheter är som fossil, stenen har blivit så tung att man inte kan vända på den. Det är allt.

De drack upp vinet och sedan förklarade mamma att klockan var mycket och att jag skulle gå till skolan dagen därpå.

När jag är väldigt arg pratar jag med mig själv och det gjorde jag nu när jag lagt mig. I minst en timme ventilerade jag mina klagomål, det lättar verkligen på trycket, det är ännu bättre om man ställer sig framför spegeln och brer på lite, som om man skällde på någon, men jag var för trött.

I morse hörde jag när No gick upp, duschade och bryggde kaffe men jag låg kvar och blundade. Sedan hon började jobba har vi fått mindre tid tillsammans, så jag brukar gå upp tidigare för att få träffa henne en liten stund, men i dag hade jag ingen lust.

Jag träffade Lucas i skolan, han väntade på mig utanför, vi hade en skriftlig geografiläxa och han hade inte gjort den. Jag lät honom se mina papper, men han kastade inte en blick på dem. Han fuskar inte, hittar inte på, han ritar bara figurer i marginalen på det tomma papperet, jag gillar deras yviga kalufser, jättestora ögon och fantastiska kläder.

I matsalskön tänkte jag på mamma, på hennes livfulla ansikte och händer, på hennes röst som inte längre är en viskning. Det spelar ingen roll om det finns en förklaring eller ej, om det handlar om orsak och verkan. Hon mår bättre och håller på att återfå lusten att prata och att umgås, och inget annat borde betyda något.

Efter skolan bjöd Lucas mig på en cocacola på Bar Botté, han tyckte att jag såg ledsen ut. Han berättade skvaller från skolan (han känner till allting eftersom han känner alla) och försökte få mig att säga vad det var, men jag kunde inte för allt var en enda röra i mitt huvud och jag visste inte var jag skulle börja.

– Du vet, Smulan, alla har sina hemligheter. Och några av dem bör förbli hemliga. Men jag kan avslöja min hemlighet: när du blir stor ska jag ta dig med till nåt ställe där musiken är så vacker att man dansar på gatorna.

Jag kan inte säga vad jag kände, inte heller exakt var det kändes, men det var någonstans mitt i solar plexus, jag fick svårt att andas, jag kunde inte titta på honom på en lång stund, jag kände var det tog och hur värmen steg uppåt i halsen.

Vi stod kvar utan att säga något, och sedan frågade jag:

– Tror du att det finns föräldrar som inte älskar sina barn?

Med tanke på att hans pappa befann sig på andra sidan jordklotet och hans mamma susade förbi som ett vinddrag, var det inte särskilt smart. Det är synd att man inte kan sudda ut orden i luften, som på ett papper, att det inte finns en specialpenna som man kan vifta med över huvudet så att dumheter man kläcker ur sig försvinner innan någon hör dem.

Han tände en cigarett och såg ut genom fönstret. Sedan log han.

– Jag vet inte, Smulan, jag tror inte det. Jag tror att det alltid är mer komplicerat än så.

HÄROMDAGEN TOG NO och jag foton. Lucas hade hittat en gammal kamera i sin pappas skåp, med film som måste framkallas. Det låg några rullar som hade passerat bäst föredatumet där också, och vi bestämde oss för att göra ett försök. Vi gick ut när Lucas var på sin pianolektion och tog foton på oss med självutlösaren, gjorde häxfrisyrer på varandra (Lucas hade lånat mig hårgelé som fick håret att stå rakt upp). Några dagar senare gick vi och hämtade ut fotona tillsammans, vi satte oss på en bänk i närheten av affären och tittade på dem. Färgerna var lite blekta, som om bilderna hade suttit uppe på en vägg. Hon ville riva sönder dem. Hon tyckte att hon såg förskräcklig ut på allihop, hon sade: titta vad söt jag var förr, när jag var liten, och tog fram ett foto av sig själv som barn. Det var det enda foto hon ägde och hon hade aldrig visat det för mig tidigare. Jag tittade på det länge.

Hon ser ut att vara fem sex år, hon har prydlig lugg och två mörka flätor, hon ler men det är ändå något sorgset över fotot, hon tittar rakt in i kameran och man kan inte urskilja omgivningen riktigt, det kan vara ett bibliotek eller en skolsal, men det spelar ingen roll, hon är ensam, det syns på fotot, det syns på hur hon sitter med händerna och det där tomrummet omkring. Det är en liten flicka som är ensam i hela världen, en liten övergiven flicka. Hon tar tillbaka fotot, hon är så stolt och säger flera gånger: ser du hur söt jag var när jag var liten? Jag vet inte varför, men i det ögonblicket tänker jag på ett reportage som jag såg på teve för några månader sedan, om barn på ett barnhem, jag grät så mycket att pappa skickade mig i säng innan programmet var slut.

– Men det skiter väl du i ...

Hon har varit på dåligt humör i ett par dagar nu, hon låser in sig på sitt rum och brusar upp utan anledning när vi är tillsammans. Det gör mig ledsen, men jag minns att pappa en dag sade att det är mot dem man tycker mest om och har mest förtroende för som man kan tillåta sig att vara otrevlig (för vi vet att de älskar oss ändå). Jag har upptäckt att No snor läkemedel av mamma, Xanax och sådant, jag kom på henne i badrummet när hon skruvade på locket på burken. Hon fick mig att lova att inget säga, som om jag vore en sådan som skvallrar och så. Hon behöver det för att bli lugn, men jag vet att man inte får ta vad som helst utan recept, det står i min läkarbok, och hon lovade mig att hon ska gå till doktorn igen när hon har fått sin sjukförsäkring. Jag märker nog att hon börjar få det svårt på jobbet. Hon kommer hem senare och senare, tröttare för var dag, och vissa kvällar avstår hon från att äta och skyller på att hon inte är hungrig, på nätterna vankar hon fram och tillbaka, skruvar på vattenkranen, öppnar och stänger fönstret, och flera gånger har jag hört henne kräkas på toaletten trots att dörren är stängd. Mina föräldrar märker ingenting, för mamma tar sömnmedel och pappa sover väldigt hårt (det sägs att man kunde dammsuga alldeles intill honom när han var liten utan att han vaknade). När han kom hem från Kina gav han oss varsin amulett som är fäst i en röd tråd, jag har hängt min ovanför sängen, för jag vet att det är på natten som saker försvinner. No har knutit fast sin i knapphålet på sin jacka. Hon har fått sin första lön, hälften på en check och hälften kontant. Hennes chef har inte räknat med övertiden. Han sade åt henne att om hon inte var nöjd kunde hon dra någon annanstans. Samma dag spottade hon i hans kaffe och rörde om ordentligt innan hon bar in koppen till honom, och sedan gjorde hon likadant de påföljande dagarna. Hennes chef är fet och smutsig, han skulle kunna döda sin far och mor för att spara en euro, han blåser sina kunder och sitter i telefon hela dagarna och gör upp skumma affärer. Enligt No. Han tycker inte att hon jobbar tillräckligt snabbt när hon städar rummen, när hon tar hand om smutstvätten eller städar i korridoren och lobbyn. Därför tycker han att hon gott kan jobba över. Barkillen har fått sparken och eftersom han inte har blivit ersatt måste No stå i baren varenda kväll till klockan sju då den andra bartendern kommer. Hon vill inte säga något till mina föräldrar. Hon säger att det inte är så farligt, men jag är säker på att hennes chef inte är särskilt noga när det gäller arbetsrätt och så.

Lucas har gett mig en inbunden anteckningsbok, som en bok med blanka sidor, och en filtpenna med en spets som man kan rita både tjocka och tunna streck med. Jag fick följa med när han köpte begagnade cd-skivor och en ny jacka. Han sade att han skulle bjuda mig på en restaurang i kvarteret där han bor, han känner ägaren, och att vi en dag ska åka på semester tillsammans någonstans med gasolkök, ravioli på burk, iglootält och så. Och häromdagen trodde jag att han skulle slå Gauthier de Richemont på käften därför att han knuffade till mig på skolgården utan att be om ursäkt.

Hans mamma ringer då och då för att höra hur han har det, han vill gärna att jag ska träffa henne, en gång hörde jag honom fråga om hon tänkte komma hem över helgen, efteråt märkte jag att han tjurade men jag frågade inte. Mina föräldrar är glada över att jag har fått en vän i klassen, jag har undvikit närmare detaljer som hans ålder och studiesituation. När jag är hemma hos honom berättar jag hur No har det, säger att hon har problem med sin chef och vi planerar komplotter och hämndaktioner, varje gång är scenariot nytt men utgången densamma, vi ska sticka hål på hans däck, lurpassa på honom bakom ett gathörn med svarta rånarluvor över huvudet som i filmerna, och han blir så rädd att han ger oss hela kassan, överger hotellet och aldrig kommer tillbaka. Och efter ett år och en dag övergår hotellet i Nos ägo, hon låter måla om inomhus och renoverar fasaden, skaffar sig en sofistikerad och internationell kundkrets och man måste boka månader i förväg för att få ett rum. Hon tjänar massor med pengar och ordnar dansaftnar och en dag träffar hon en engelsk rocksångare och de blir tokförälskade i varandra så hon öppnar en filial i London och pendlar mellan de två huvudstäderna. Eller också är det Loïc som kommer tillbaka, han har bestämt sig för att lämna Irland och leva med henne.

Det jag gillar med Lucas är att han har förmågan att föreställa sig de mest osannolika situationer och tala om dem i timmar, som om det räckte för att de skulle bli verklighet, och han njuter av att uttala orden som om de vore sanna. Även om Lucas inte gillar fransklektionerna är han som jag, han är medveten om ordens makt.

Häromdagen när monsieur Marin delade ut skrivningarna förklarade han inför hela klassen att jag är en utopist. Jag låtsades ta det som en komplimang. När jag hade kollat i ordboken var jag inte lika säker. När monsieur Marin går fram och tillbaka i klassrummet med händerna på ryggen och rynkad panna syns det tydligt att han sitter inne med sanningen om livet i koncentrerad form. Sanningen om ekonomin, finansmarknader, de sociala problemen, de utslagnas liv och så. Det är därför han är lite böjd.

Jag är kanske utopist men jag har åtminstone strumpor i samma färg på mig, vilket han inte alltid har. Och om man går omkring med en röd och en grön strumpa inför trettio elever måste man vara lite i det blå, det är jag övertygad om.

TILL SKILLNAD FRÅN de flesta andra tycker jag om söndagarna när det inte finns något att göra. Vi sitter i köket, No och jag, håret hänger ner för ögonen på henne och himlen utanför är blek och träden kala. Hon säger: jag måste åka och träffa min mamma.
– Varför då?
– Jag måste åka dit.

Jag knackar på dörren till mammas och pappas sovrum, de sover fortfarande. Jag går fram till sängen och viskar i pappas öra: vi skulle vilja gå på loppmarknaden i Montreuil. No vill inte att jag ska säga som det är. Han kliver upp och erbjuder sig att följa med, men jag övertalar honom snabbt att låta bli, han borde vila sig, metron går raka spåret dit via Oberkampf. Ute i hallen tvekar han och ser på oss båda två, den ena efter den andra, jag tar på mig en förnuftig min och ler.

Vi tar metron till Gare d'Austerlitz och sedan pendeltåget till Ivry. No ser spänd ut och biter sig i läppen, jag frågar henne flera gånger om hon är säker på att hon vill åka dit, säker på att det är rätt tillfälle. Hon har sin tjurskalliga min, jackan är knäppt till hakan, hon har dragit ärmarna över händerna och håret faller ner i ögonen. Utanför stationen går jag fram till en karta, jag älskar att leta reda på pilen som säger *Här är ni* vid en röd punkt bland gator och gatukorsningar, bestämma var jag är med hjälp av rutmönstret, det är som när man spelar Sänka skepp, H4, D3, träffad, sänkt, man skulle nästan kunna tro att hela världen hänger där framför en.

Jag märker att hon är nervös och frågar henne en sista gång:

– Är du säker på att du vill gå dit?
– Ja.
– Är du säker på att hon bor kvar?
– Ja.
– Hur vet du det?
– Jag ringde häromdagen och det var hon som svarade. Jag sa att jag ville tala med Suzanne Pivet, hon sa: det är jag, och då la jag på.

Klockan är inte tolv än när vi är framme i bostadsområdet. Utanför huset pekar hon på fönstret till sitt gamla rum, gardinerna är fördragna. Vi går långsamt uppför trapporna, jag känner hur jag blir svag i knäna och jag har svårt att andas. No ringer på en gång. Och sedan en gång till. Släpande steg närmar sig innanför dörren, det blir mörkt i titthålet, under ett par sekunder håller vi andan, till sist säger No: det är jag, Nolwenn. Vi hör en barnröst och viskningar, sedan blir det tyst igen. Då börjar No sparka på dörren och banka med knytnävarna också, mitt hjärta slår jättesnabbt och jag blir rädd att grannarna ska ringa polisen. Hon slår så hårt hon kan, vrålar: det är jag, öppna, men inget händer, och efter en stund drar jag henne i ärmen, försöker prata med henne, griper tag i hennes händer och till slut ger hon med sig när jag drar henne mot trapporna. Vi går ner två våningar och där glider hon plötsligt ner på golvet, hon är så blek att jag blir rädd att hon ska svimma, hon andas häftigt och darrar i hela kroppen, och trots att hon har dubbla jackor syns det tydligt att det är för mycket, för mycket sorg, hon fortsätter att banka på väggen, handen börjar blöda, jag sätter mig ner och håller om henne.

– Nej, hör på mig, din mamma orkar inte träffa dig. Hon kanske vill men hon kan inte.

– Hon skiter i mig, Lou, fattar du det, hon skiter i mig.

– Nej, det är jag säker på att hon inte gör ...

Hon rör sig inte längre. Vi måste bort därifrån.

– Du vet, problem mellan föräldrar och barn är alltid så komplicerade. Vi håller ju ihop, du och jag, eller hur? Visst gör vi det? Det var du som sa det. Följ med nu. Kom igen! Res dig, vi sticker härifrån.

Vi går ner de sista våningarna, jag håller henne om handleden. Solen skiner och våra skuggor följer oss hack i häl på trottoaren, hon vänder sig om, vi får syn på ett barnansikte i fönstret men det försvinner direkt. När vi promenerar till stationen ligger gatorna öde och på håll tycker jag mig höra sorlet från en marknad.

FASTER SYLVIES MAN har träffat en ny kvinna och vill skiljas. Pappa har bestämt att vi ska åka och hälsa på henne i tre fyra dagar under sportlovet. Hon behöver stöd. För en gångs skull håller mamma med honom. Det är visserligen evigheter sedan vi åkte någonstans, men jag vill ändå inte riktigt. I synnerhet som No inte kan följa med oss på grund av sitt jobb. Jag försökte föreslå att jag skulle stanna hemma hos henne, eftersom jag hade så mycket hemarbete, jag drog till med att jag hade några egna experiment på gång också och omöjligt kunde vara borta, men de lyssnade inte på det örat. På kvällen hör jag hur pappa och mamma diskuterar om det är möjligt att lämna No ensam hemma, de talar med låg röst så jag kan inte höra allt, bara brottstycken, och jag tolkar det som att mamma är för men att pappa är ganska orolig.

Vi är i hennes rum, det ligger kläder på golvet och sängen är obäddad. No röker i fönstret med ena armbågen på fönsterbrädan.

– Vi ska resa bort några dagar nästa vecka, till min faster i

Dordogne. Hon är jättedeppig för hennes man har dumpat henne. Det är inte lätt för henne, med mina kusiner och så ...

– Hur länge då?

– Inte särskilt länge, några dagar. Du får stanna här, oroa dig inte.

– Ensam?

– Ja ... Men det blir inte så länge.

Hon är tyst i några sekunder och biter sig i läppen, jag har redan märkt det, hon kan bita sig i läppen så det blöder när hon är irriterad.

– Kan inte du stanna hemma? Måste du följa med?

Sådana saker får mitt hjärta att brista. Hon kastar ut fimpen genom fönstret och lägger sig på sängen med armarna under huvudet utan att titta på mig. Jag sitter kvar hos henne, försöker distrahera henne, men det hänger kvar som ett moln över oss, det svävar och tjocknar, jag får en hemsk känsla av att jag överger henne.

PAPPA HÅLLER ETT regelrätt föredrag för No om förtroende och ansvar och framtiden och så, han liknar en partiledare, fast utan mikrofon. Man förstår att pappa leder en personalstyrka på tjugofem personer på sitt arbete och ibland färgar det av sig på hans beteende hemma. Han älskar scheman, projekt och tillväxtkurvor och det är nästan så att han tvingar oss att ha ett medarbetarsamtal i slutet av året. När mamma var allvarligt sjuk var det mer komplicerat, men nu när hon börjar återfå krafterna håller han på att koka ihop ett fyrstegsprogram som ska föra oss tillbaka till livet.

För min del tycker jag att han tar i för mycket, men No tar på sig en allvarlig min och ser mycket träffad ut, hon nickar, ja hon ska se upp så att hon inte tappar nycklarna, ja hon ska ta hand om posten, ja hon ska ringa varje dag, ja hon ska bära ut soporna, ja hon har förstått att hon inte får bjuda hem någon. Jag har märkt att om man upprepar femtio gånger att man litar på någon betyder det ofta att man inte är så säker på det. Men No ser inte förargad ut, bara lite orolig.

Vi åker i morgon. I kväll ska No sammanstråla med mig hos Lucas, vi ska ha en liten fest. Jag har packat, allt är i ordning men jag har en klump i magen, jag kan inte riktigt komma på vad den består av, en liten klump av rädsla eller smärta eller både och. No ringer på – hon lyckades smita från jobbet – och när Lucas öppnar utropar han *Wow!* Hon har tagit på sig en kortkort kjol och sminkat sig, det är första gången jag ser henne sådan, med högklackade skor, hon är vacker som en mangafigur med sitt svarta hår, sin ljusa hy och sina jättestora ögon. Det är länge sedan vi träffades alla tre och Lucas går ner och köper hennes favoritkakor och cider, för det älskar hon. Jag dricker också, minst tre eller fyra glas, värmen sprider sig i magen, den lilla klumpen löser upp sig, vi drar för gardinerna och slår oss ner i soffan alla tre som förr, tränger ihop oss tätt, tätt intill varandra och sätter på en dvd som Lucas har valt ut. Filmen handlar om en ung, döv tjej som arbetar på ett företag där ingen vet att hon har hörapparat. Hon anställer en praktikant, en kille som precis har muckat från fängelset, hon blir kär i honom men han utnyttjar henne för att organisera en stor kupp eftersom hon kan läsa på läppar, hon går med på allt han ber henne om, blir hans medbrottsling och tar enorma risker, hon litar på honom, älskar honom och så, men dagen för inbrottet upptäcker hon att han har planerat att ge sig av utan henne, han har bara bokat en flygbiljett. Ändå ger hon inte upp, hon löper linan ut och det är hon som räddar honom. I slutet kysser han henne och det är nog första gången hon kysser någon, det är en underbar scen för man vet att han inte kommer att överge henne, han har förstått vem hon är, hur stark och envis hon är.

I mörkret har vi inte märkt att tiden har gått och det är väldigt sent när vi går därifrån, jag ringer hem och säger att vi kommer snart. På hemvägen är No tyst, jag tar hennes hand.

– Är det nåt som inte är bra?

– Nej, det är bra.

– Vill du inte säga vad det är?

– ...

– Är du rädd för att vara ensam?

– Nej.

– Du vet, om vi håller ihop måste du berätta för att jag ska kunna hjälpa dig.

– Du har redan hjälpt mig så mycket. Det är inte det. Men du har dina föräldrar, din klass, din släkt, du har ditt liv, förstår du ...

Jag känner att min röst börjar darra.

– Nej, jag förstår inte.

– Jo, du förstår mycket väl.

– Men du finns också i mitt liv. Du märker väl att jag behöver dig ... och du ... du tillhör ju familjen ...

– Jag tillhör inte din familj, Lou. Det är det du måste fatta, jag kommer aldrig att tillhöra din familj.

Hon börjar gråta. I den iskalla vinden har hon svårt att hålla snyftningarna tillbaka.

Vi går tysta och nu vet jag att det har hänt henne något, något hon inte kan berätta, något som vänder upp och ner på allt.

faster sylvies hårknut har hamnat på sniskan. För en gångs skull anmärker hon inte på mamma, hon måste plötsligt ha insett att man inte alltid kan se pigg ut och inte alltid orkar med matlagning, städning, strykning, konversation och så. Förresten har hon slutat le hela tiden och glömt att måla läpparna med sitt fantastiska läppstift som sitter hela dagen. Ärligt talat gör det mig ont att se henne sådan. Hon orkar inte ens skrika på mina kusiner vilket de skamlöst utnyttjar, det är en obeskrivlig röra i deras rum och de svarar knappt på tilltal.

No ringer de två första dagarna som vi hade gjort upp. Men sedan hör vi inget mer. När pappa ringer är det aldrig någon som svarar, varken på morgonen eller kvällen eller ens på natten. Han tar kontakt med grannen ovanför och hon lyssnar vid dörren men hör ingenting. Han bestämmer sig för att inte gripas av panik, har vi sagt att vi ska åka hem på torsdag ska vi göra det också. För mig känns det som en evighet, jag har inte ens lust att leka med mina kusiner trots att de har en massa idéer om byggarbeten i trädgården, tunnlar, bevattningssystem och skogsbanor, helt otroliga grejer som man inte kan göra i Paris. Jag sitter inne och läser kärleksromaner, min faster har en hel hög, *Modet att älska, Smekmånad på Hawaii, Skönheten och piraten, Skuggan av Célia* och många fler. Pliktskyldigast hänger jag med på några promenader, hjälper till att skala grönsaker och är med och spelar TP. Pappa och mamma tar mest hand om min faster, de sitter och pratar i timmar, det ser nästan ut som en militärdomstol.

När jag sätter mig i bilen drar jag en djup suck av lättnad, men sedan kommer klumpen i magen tillbaka och under resan blir den bara större och större, jag håller utkik efter skyltarna som talar om hur långt det är kvar till Paris, vi kommer ingenstans, vi kryper fram trots att jag är säker på en sak: det är en kapplöpning med tiden. De flesta säger att de har haft föraningar i efterhand. När de vet vad som har hänt. Men jag har en riktig föraning, i *förväg*.

Pappa har laddat cd-spelaren med klassisk musik, det irriterar mig för han lyssnar alltid på sorgliga saker med kristallklara röster som får en att inse vilken vansinnig värld vi lever i. Mamma somnar med handen på hans lår. Nu när hon börjar må bättre har de kommit varandra närmare, det märks tydligt, de kysser varandra i köket och skrattar i hemligt samförstånd.

Själv är jag rädd. Rädd att No har stuckit. Rädd att bli ensam igen, som förut. Jag somnar till slut, medan jag ser på träden som snabbt fladdrar förbi som en girlang utan lampor. När jag vaknar är vi på ringleden runt Paris, det är jättevarmt i bilen, jag ser på klockan, den är snart åtta och No borde vara hemma. Pappa försökte ringa henne på morgonen men hon svarade inte.

Det är stopp på motorvägen, vi rullar i snigelfart, genom rutan ser jag de hemlösas läger på vägbankar och under broar, jag ser tält, plåtskivor och baracker som jag aldrig har sett tidigare, jag visste inte att de fanns där, precis vid vägkanten. Pappa och mamma stirrar rakt fram, jag tänker att folk bor där, omgivna av motorljud, smuts och föroreningar, mitt ute i ingenstans, folk lever där dag och natt, vid Porte d'Orléans eller Porte d'Italie, mitt i Frankrike, men hur länge har de gjort det? Pappa vet inte riktigt. De senaste två, tre åren har lägren blivit allt fler, de finns överallt, framför allt öster om Paris. Jag tänker att det är så det är med *saker och ting*. Sådant man inte kan göra något åt. Vi uppför sexhundra meter höga skyskrapor, vi bygger undervattenshotell och konstgjorda palmformade öar, vi uppfinner "intelligent" byggmaterial som absorberar organiska och oorganiska luftföroreningar, vi skapar självstyrande dammsugare och lampor som tänds automatiskt när man kommer hem. Vi låter människor leva vid motorvägen.

Det är mamma som öppnar dörren, vi går in i lägenheten och vid första anblicken ser allt ut som vanligt, gardinerna är frandragna, alla föremål på rätt plats, ingenting har försvunnit. Dörren till Nos rum står öppen, sängen är obäddad och hennes saker ligger utspridda. Jag öppnar garderoben för att kolla att resväskan är kvar. Alltid något. Då ser jag fyra eller fem spritflaskor på golvet, pappa står bakom mig och det är för sent att dölja dem. Vodka, whisky och tomma läkemedelskartor.

Då tänker jag på adverb och samordnande konjunktioner som anger ett avbrott i tiden (*plötsligt, med ens*) eller en motsättning (*ändå, däremot, i stället, emellertid*) eller ett medgivande (*medan, även om, fastän*), jag tänker bara på det, jag försöker räkna upp dem i tanken, inventera dem, jag kan inte säga något, inte ett ord, för väggarna och ljuset blir alldeles suddiga.

Då tänker jag att grammatiken har förutsett allting, besvikelse, nederlag och elände i största allmänhet.

PÅ NATTEN NÄR man inte kan sova förökar sig bekymren, de växer och förstärks, ju längre natten lider desto mörkare ter sig framtiden, det hemska blir verkligt, ingenting tycks längre möjligt, överkomligt, ingenting är lugnt längre. Sömnlöshet är fantasins mörka sida. Jag har erfarenhet av de där svarta, hemliga timmarna. På morgonen vaknar man avtrubbad, katastrofscenarierna ter sig överdrivna, dagen kommer att utplåna minnet av dem, man går upp, man tvättar sig och man tänker att man ska klara det. Men ibland bekänner natten färg, ibland är det bara natten som avslöjar sanningen: tiden går och *saker och ting* kommer aldrig mer att bli som förr.

No kom hem framåt morgontimmarna, jag sov ytligt och hade lämnat dörren till mitt rum öppen för att inte missa henne. Jag hörde nyckeln försiktigt vridas runt i låset, det hördes knappt och nästlade sig först in i min dröm, mamma var i rummet, hon var klädd i nattlinnet hon hade på BB när Thaïs föddes, öppet fram, fötterna var bara och vita i mörkret. Jag vaknade med ett ryck, kastade mig ur sängen och gick ut i hallen och trevade mig fram längs väggen. Genom dörrspringan såg jag No ta av sig skorna och lägga sig med kläderna på. Jag gick närmare, jag hörde att hon grät, det lät som en snyftning av raseri och vanmakt, ett outhärdligt gällt och hest ljud av det slag som bara kan födas i tystnaden när man tror att man är ensam. Jag vände och smög därifrån. Jag stod kvar innanför min dörr och frös, jag kunde inte röra mig, jag såg pappa gå in i Nos rum, jag hörde hans röst i en timme, mjuk och bestämd men alldeles för låg för att jag skulle kunna uppfatta vad han sade, och Nos röst, ännu lägre.

Jag gick upp tidigt. No sov fortfarande, hon hade en tid hos socialassistenten på förmiddagen, hon hade skrivit upp det flera veckor tidigare på den magiska griffeltavlan bredvid kylskåpet. Det var hennes lediga dag. Pappa satt i köket med sin kaffekopp, jag hällde upp mjölk i en skål, tog fram flingorna, slog mig ner mitt emot honom och såg mig omkring, det var varken rätt tillfälle att fortsätta mitt experiment om uppsugningsförmågan hos tvättsvampar av olika märken eller att inleda ett nytt test av magneterna i skafferidörren. Det var rätt tillfälle att rädda det som räddas kunde. Pappa böjde sig fram.

– Vet du något, Lou?
– Nej.
– Hörde du när hon kom hem?
– Ja.
– Flaskorna, är det första gången?
– Ja.

– Har hon problem på jobbet?
– Ja.
– Har hon pratat med dig om det?
– Lite. Egentligen inte.

Vissa dagar känner man att orden kan få en på glid så att man säger saker som man borde hålla tyst om.

– Går hon fortfarande till jobbet?
– Det tror jag.
– Du förstår, Lou, att om det inte fungerar, om No inte respekterar våra liv, om mamma och jag anser att det inte är bra för dig, att det är farligt för dig, får hon inte stanna kvar. Det var det jag sa till henne.
– ...
– Förstår du det?
– Ja.

Jag såg att klockan gick och att No inte gick upp trots att hon hade en tid hos socialassistenten. Jag såg för mig det ögonblick då pappa skulle titta upp på väggklockan, då han skulle säga, jaha, det är beviset på att det inte funkar längre, att det spårar ur, att vi inte kan lita på henne längre. Jag reste mig och sade: jag ska väcka henne, hon bad mig om det.

Jag gick fram till sängen, kände den här doften som jag inte kan beskriva, en doft av alkohol eller läkemedel, jag trampade oavsiktligt på grejerna som låg på golvet och när mina ögon började vänja sig vid mörkret såg jag att hon hade rullat in sig i överkastet. Jag skakade henne först försiktigt och sedan hårdare, det dröjde länge innan hon öppnade ögonen. Jag hjälpte henne att byta T-shirt och att dra på sig en tröja, jag hörde pappa slå igen ytterdörren efter sig. Jag gick ut i köket igen och gjorde kaffe. Jag hade en hel dag framför mig. Jag hade velat ringa till Lucas, men han skulle vara hos sin mormor hela lovet.

No gick upp till slut, hon hade missat sitt möte. Jag suddade ut anteckningen på griffeltavlan med en trasa och satte på radion för att det inte skulle vara så tyst. Hon stängde in sig för att ta ett bad i två timmar, man hörde ingenting, bara ljudet av varmvattenkranen då och då, till slut knackade mamma på badrumsdörren för att höra att allt var som det skulle.

Vid lunch gick jag in på hennes rum och försökte prata med henne, men hon verkade inte höra mig, jag ville skaka henne så hårt jag kunde, men istället satt jag bara där utan att säga något, hennes blick var tom.

Då tänkte jag på mammas blick när Thaïs hade dött, hur den fastnade på föremål och folk, en död blick, jag tänkte på jordens alla döda blickar, miljontals, glanslösa, slocknade, vilsna blickar som bara speglar hur mångfacetterad världen är, den svämmar över av ljud och bilder, och ändå är den så utarmad.

no har fått nya arbetsuppgifter på hotellet och jobbar natt nu. Hon står i baren till två på natten och är kvar och öppnar för gästerna på morgonen. Det är bättre betalt. Och hon får dricks. I en vecka har hon mött pappa utanför när han ska gå till jobbet, han hjälper henne uppför trapporna och sedan kollapsar hon på sängen utan att ta av sig kläderna. En gång plockade han upp henne i porten, strumporna var trasiga och hon hade skrapat knäna, han bar upp henne, duschade av hennes huvud och bäddade ner henne.

Hon sover hela dagarna. Pappa säger att hon dricker och tar tabletter. Han har tagit kontakt med socialassistenten men hon kan inte göra så mycket så länge No själv inte går dit. En kväll kom jag på honom och mamma mitt i en hemlig överläggning i köket, så fort jag kom in tystnade de och väntade tills jag hade stängt dörren efter mig innan de återupptog samtalet. Jag hade gärna gömt en eller ett par mikrofoner under en kökshandduk.

Jag lyckas inte ta mig ut och njuta av lovet, jag sitter och hänger inomhus hela dagarna, tittar på teve, bläddrar i tidskrifter, lyssnar efter ljud från Nos rum, väntar på att hon ska vakna. Hon kommer inte in i mitt rum längre, och när jag knackar på hos henne på eftermiddagen ligger hon hopkrupen på sängen. Mamma har försökt få henne att prata, ställer frågor, men No tittar ner i golvet för att slippa möta hennes blick. Hon kommer vare sig in i köket eller i vardagsrummet längre, hon smyger ut i badrummet när hon är säker på att inte riskera att stöta på någon. På kvällarna äter hon middag med oss innan hon går till hotellet, det är samma scen som för en månad sedan, samma ljus, samma platser, samma rörelser, såg man det uppifrån är bilderna till förväxling lika, överlappar varandra, men från min plats uppfattar man hur mycket stämningen har förändrats, hur tung den har blivit.

Jag vet inte varför jag tänkte på *Lille prinsen* igår kväll innan jag somnade. På räven, närmare bestämt. Räven ber lille prinsen att tämja honom. Men lille prinsen vet inte vad det betyder. Då förklarar räven det för honom och jag kan stycket utantill: *Än så länge är du bara en liten pojke för mig, likt hundratusentals andra små pojkar. Och jag behöver dig inte. För dig är jag ingenting annat än en räv lik hundratusentals andra rävar. Men om du tämjer mig kommer vi att behöva varandra. Du kommer att vara den ende i världen för mig. Och jag kommer att vara den ende i världen för dig.*

Det är kanske det enda som betyder något, det kanske bara gäller att hitta någon som man kan tämja.

I DAG BÖRJAR skolan igen, ute är det mörkt och i köket svävar en doft av kaffe. No sitter mitt emot pappa, hon ser blek och trött ut, hon har antagligen nyss kommit hem. Pappas knutna nävar vilar på bordet som två osäkrade granater. När han reser sig ser han ut som någon som har återtagit kontrollen över situationen. Under rådande omständigheter känns det inte ett dugg lugnande.

Väckarklockan har precis ringt och jag står där barfota i mitt nattlinne när han säger att No ska ge sig av. Jag tror att han upprepar det flera gånger för jag reagerar inte. No ska åka till ett behandlingshem där de kan ta hand om henne. Hon behöver hjälp. No sitter tyst. Hon ser ner i bordet. Jag drar till mig pallen och sätter mig, jag får inte luft så jag koncentrerar mig på andningen, sänker rytmen och öppnar munnen som en guldfisk för att få i mig små klunkar luft, spretar med fingrarna som simfötter för att kämpa emot strömmen, trycker fötterna mot kökets klinkergolv.

– Förstår du, Lou, förstår du vad jag säger?

Jag vill inte svara. Jag vill varken höra det där eller resten, historierna om socialassistenten, avgiftningen, alla de meningslösa orden; motbjudande mikroskopiska alger på havets yta. Vi sade att vi skulle hjälpa No, hela vägen, vi sade att vi skulle ställa upp för henne, vi sade att vi inte skulle släppa taget. Jag vill att hon ska stanna, jag vill att vi ska kämpa, jag vill att vi ska göra motstånd. Under bordet trycker jag in naglarna i handflatorna, hårt, för att avleda smärtan, för att den ska samlas i en punkt och avlämna ett synligt spår, ett spår som kan läka.

Jag duschar och klär på mig, jag tar skolväskan och lämnar dem där, båda två, pappa talar fortfarande med No, men hon svarar inte, om jag kunde skulle jag säga åt henne att hon bara kan göra som jag gjorde när jag var liten, hålla händerna för öronen för att koppla bort allt, få tyst på allt oväsen, få tyst på den öronbedövande världen.

Jag springer till busshållplatsen, jag är rädd att komma för sent till Marins lektion, jag har inte ätit något och det snurrar i huvudet när jag stiger på bak i bussen och slinker in mellan de andra resenärerna, orden ovanför mitt huvud blandas med motorljudet och bruset från gatan, blodet dunkar i tinningarna, jag tittar på den elektroniska skylten där namnen på alla hållplatser rullar förbi och där det står hur lång tid det återstår innan bussen är framme vid ändhållplatsen, jag tittar bara på de röda bokstäverna som glider från vänster till höger och räknar vokalerna för att inte börja gråta.

Jag kommer till skolan precis när det har ringt in, Lucas

väntar på mig nedanför trapporna, med ögonen svidande av tårar går jag fram till honom och när jag är framme sluter han mig i sina armar, plötsligt vilar min pyttelilla kropp mot hans, och jag känner hans andedräkt i håret.

BÖCKER ÄR UPPDELADE i kapitel som markerar att tiden har gått eller att situationen har utvecklats, ibland är de till och med uppdelade i stycken med löftesrika rubriker som *Mötet, Hoppet, Fallet,* ungefär som tablåer. Men i livet är det inte så, det finns inga rubriker, inga skyltar, inga anslag, ingenting som säger *varning, fara, stenras* eller *risk för besvikelse.* I livet står man ensam i sina kläder och får skylla sig själv om de är alldeles sönderslitna.

Jag kunde ha gjort vad som helst för att No skulle få stanna hos oss. Jag ville att hon skulle tillhöra familjen, att hon skulle ha sin skål, sin stol, sin lagom långa säng, jag ville dela de vintriga söndagarna och doften av soppa från köket med henne. Jag ville att vårt liv skulle likna alla andras. Jag ville att vi skulle ha var sin plats vid bordet, turas om att använda badrummet, hjälpas åt med hushållsarbetet och bara låta tiden ha sin gång.

Jag trodde att man kunde hejda *sakernas* gång, undslippa programmet. Jag trodde att livet kunde vara annorlunda. Att hjälpa någon trodde jag innebar att man delade allting, även sådant man inte förstår, även det mörkaste. Sanningen är den att jag bara är en liten *fröken märkvärdig* (det är pappa som säger det när han är arg), en värdelös dator i plast för barn med spel, gåtor, utstakade banor, och en idiotisk röst som meddelar det rätta svaret. Sanningen är den att jag inte ens klarar av att knyta skorna och att jag är utrustad med helkassa och fullständigt meningslösa funktioner. Sanningen är den att *saker och ting är som de är*. Verkligheten tar alltid över och illusionerna glider bort utan att man märker det. Verkligheten får alltid sista ordet. Monsieur Marin har rätt, det tjänar ingenting till att drömma. Man ska inte tro att man kan förändra världen, för världen är mycket starkare än vi.

Pappa gick till jobbet, mamma gick ut och handlade, jag antar att No inte tvekade någon längre stund. Vad trodde de? Att hon tålmodigt skulle invänta en plats på första bästa hem för avgiftning eller återanpassning? Att det räckte med att förklara problemet och tala i klartext: Nej, du kan inte vara kvar hos oss, vi kan inte ta hand om dig längre, så vi tänker återgå till vårt vanliga liv, tack för besöket, vi ses?

När jag kom hem var hon inte kvar. Jag såg mig om i det tomma rummet, hon hade bäddat och dammsugit och alla föremål stod på sin plats, som om hon hade registrerat allt, som om hon visste att hon en dag skulle bli tvungen att ställa tillbaka allt där det stått. Jag tittade på den marockanska mattan som hon tyckte om att sträcka ut sig på, lampan som hon hade tänd hela natten, jag tänkte på hennes sprängfyllda resväska på hjul som for hit och dit på trottoaren, jag tänkte på mörkret, de ödsliga gatorna och blundade.

Hon hade lämnat kvar kläderna som mamma hade lånat henne, de låg hopvikta på bordet. Hon hade tömt medicinskåpet, det var pappa som sade det, hon tog alltihop, både sömnmedel och lugnande medel.

På mitt skrivbord hade hon lämnat fotot av sig själv som liten, i ett smutsigt kuvert, jag såg efter om det inte låg något meddelande där, men det fanns ingenting, ingenting utom hennes ögon som såg rakt in i kameran, rakt på mig.

NO RINGDE PÅ dörren när Lucas var ensam, han tittade på teve. Hon hade sin resväska i ena handen och ett par plastpåsar i den andra, jackan var öppen, hon hade ingenting under tröjan, man kunde se den bleka huden och ådrorna på halsen. Han tog hennes grejer och släppte in henne. Hon tog stöd mot hallbordet, hon kunde knappt stå upprätt, han ledde henne till sin mammas rum, tog av henne jeansen och skorna, vek undan täcket och släckte lampan. Han ringde till mig och pratade med gangsterröst, jag förstod direkt vad saken gällde.

Hans mamma hade tittat in några dagar tidigare och hämtat lite kläder, hon hade fyllt kylskåpet också och lämnat en check. Det gav oss lite andrum.

Jag gick dit dagen efter. No steg upp när hon hörde min röst, hon kom ut och kramade om mig, vi sade ingenting, inte ett ord, vi bara stod så, jag vet inte vem som höll vem uppe, vem av oss som var bräckligast. No packade upp i sitt rum och slängde sakerna på golvet: kläder som hon fått från klädinsamlingar eller av Geneviève, en sminkväska, en barnbok som hon fått av sin mormor, den röda minikjolen. Hon ställde den stora askkoppen från vardagsrummet på nattygsbordet och vände bort fotografierna, sedan drog hon för gardinerna för gott.

Mina föräldrar frågade flera gånger om jag hade hört något, jag tog på mig en bedrövad min och svarade nej.

Vi ska ta hand om henne. Vi ska inte säga ett ord till någon. Vi ska hålla det hemligt, för det klarar vi.

MAMMA ANVÄNDER maskara och läppstift igen, hon har köpt nya kläder och dragit ner på medicineringen. Hon har begärt ett möte med personalchefen på sin gamla arbetsplats, ska kanske börja jobba på halvtid igen. Pappa har börjat renovera Thaïs rum, han har tvättat väggarna, rivit ut heltäckningsmattan och planerar att lägga in ett flytande parkettgolv. Han tänker skaffa hightechmöbler och inreda ett kontor. På kvällarna sitter han och mamma och bläddrar i kataloger från Ikea och Castorama, gör upp kalkyler och planer och pratar om semestrar och inredning. De är överens om allting, de sitter bredvid varandra i soffan med benen i kors som om det inte är det minsta konstigt, som om det alltid har varit så.

De tycker att jag tillbringar för mycket tid hos Lucas, så jag blir tvungen att hitta på knep och förevändningar för att komma hem sent. Jag arbetar med François Gaillard på ett nytt föredrag, jag gör efterforskningar på biblioteket, jag deltar i arbetsgruppen för öppet hus-dagen, jag hjälper Axelle Vernoux som har svårt för matte. Jag har aldrig talat om att

Lucas bor ensam och jag pratar om hans mamma som om hon bodde där för att de inte ska misstänka något. Pappa har ringt till Nos socialassistent flera gånger. Han är orolig. Hon har inte hört något mer, hon säger att det brukar vara så, ni förstår, folk av hennes slag är inte pålitliga, rätt som det är försvinner de.

Hemma sysselsätter jag mig bäst jag kan. Jag har avslutat min studie om djupfryst mat. Jag har konstaterat att man kan hitta samma ingredienser i de flesta rätter: gluten, ris-, majs- eller vetestärkelse, och ibland dinatriumdifosfat eller natriumbikarbonat. Jag har passat på att inleda en kompletterande analys av livsmedelstillsatser, ett oändligt fält som det lär ta sin tid att beta av. Emulgeringsmedel, gelatinerande ämnen, stabiliseringsmedel, konserveringsmedel, antioxidanter och smaktillsatser upptar min fritid, min tid utan No.

Om man singlar slant tio gånger får man upp antingen krona eller klave fler gånger. Men det sägs att om man singlar slant en miljon gånger blir det krona och klave lika många gånger. Det är de stora talens lag. Och eftersom jag tycker om att experimentera med lagar och teorem singlar jag slant och prickar av på ett papper.

Jag har tillverkat en jättelång girlang till No, en girlang som liknar henne, av en massa olika grejer: tomma yoghurtförpackningar, en överbliven strumpa, en månadskortsficka, en halv korkskruv, ett flygblad från en karateklubb, en nätpåse för tvättmedelstabletter, ett Betty Boop-hårspänne som jag hittat ute, en 10-yuansedel som pappa hade med sig hem från Kina, en Schweppesburk (tom), lite skrynklig aluminiumfolie, en rabattkupong från Marché U till ett värde av 50 cent. Jag ska ge den till henne när hon har fått ett eget ställe där hon kan hänga upp den. Jag har hängt upp den i mitt rum så länge, jag sade till mamma att det var konceptuell konst. Hon såg inte övertygad ut.

På morgonen när jag kommer till skolan får jag en lägesrapport av Lucas. Han berättar hur dags hon kom hem och i vilket tillstånd, om hon kunde stå upp och om hon pratade med honom. Vi ställer oss lite avsides och pratar lågmält, vi lägger fram hypoteser och utarbetar strategier. Lucas har tömt ut två flaskor vodka i vasken och No blev galen av ilska, han sade att hon inte fick dricka hemma hos honom, hans mamma eller städhjälpen kan komma utan förvarning, och det är redan tillräckligt riskabelt som det är. Han har inte gett henne någon egen nyckel, han kräver att hon ska komma hem innan han går hemifrån.

No är inte densamma sedan hon började jobba natt, det är som om hon bär på en enorm trötthet eller ett oändligt äckel, något som vi inte förstår. Varje kväll efter skolan skyndar vi oss till metron, vi går tysta uppför trapporna, Lucas öppnar dörren och jag skyndar mig in, jag är rädd att hitta henne död eller att rummet ska vara tomt och alla spår av hennes saker borta. No ligger på sängen, hon sover eller slumrar, jag tittar på hennes bara armar och de mörka ringarna under ögonen, jag skulle vilja smeka henne över kinden och håret,

och sudda ut allt.

Hon går upp när vi kommer, äter några skivor bröd och dricker en liter kaffe, tar en dusch, drar på sig kläderna och kommer ut till oss i vardagsrummet. Hon vill veta vad som har hänt, oroar sig över om det är kallt ute, ger mig en komplimang för min kjol eller håret, hon försöker låtsas att allt är bra, rullar en cigarett och sätter sig bredvid oss, men hennes rörelser är ryckiga och klumpiga. Jag är säker på att hon också tänker på alla kvällar vi suttit där tillsammans alla tre och tittat på film eller lyssnat på musik, att hon tänker på det som en svunnen tid som aldrig kommer att återvända, för allt det där är borta nu, oåterkalleligt.

Innan hon ger sig iväg sminkar hon sig, sätter upp håret i en knut, stoppar ner sina högklackade skor i en plastpåse och stänger dörren efter sig. Om klockan inte är för mycket följer jag henne en bit på vägen innan jag går hem, vi pratar om ditten och datten precis som förr, vi pussar varandra på kinden innan vi skiljs åt, hon låtsas le, jag ser hennes späda silhuett försvinna runt ett gathörn i kylan, jag vet inte vad som väntar henne, vad det är hon är på väg till utan att någonsin tveka.

I SKOLAN SÄNKER vi rösten när vi talar om henne, vi har koder för att utvärdera situationen, ler i samförstånd och ger varandra menande blickar. Lite mer sådant och man skulle nästan kunna tro att vi är "De rättfärdiga" som gömde judiska barn under kriget. Vi är motståndsmän. Jag älskar Lucas ansikte när han kommer på morgonen och den lilla nicken han ger mig på håll för att tala om att det är okej. Han kör med sin gängledarstil och tar hand om allting, går till snabbköpet, städar i köket, plockar undan efter henne, släcker ljuset när hon har somnat. Städhjälpen kommer en gång i veckan och då måste han gömma Nos saker i en garderob, bädda sängen, vädra ut i rummet och avlägsna alla spår av hennes närvaro. Vi är oerhört välorganiserade. Vi har tänkt ut vad vi ska svara om hans mamma ringer, vi har tänkt ut nödscenarier och förklaringar som vi kan ta till om hon skulle komma förbi utan förvarning eller om mina föräldrar får för sig att komma och hämta mig eller om madame Garrige avslöjar oss. Vi har förberett allehanda förevändningar och argument.

Vissa dagar går No upp innan vi kommer hem, hon tittar på teve medan hon väntar och skiner upp när hon ser oss. Vissa dagar ställer hon sig och dansar i soffan och allt verkar så enkelt eftersom hon är där. Vissa dagar går det inte att prata med henne, andra dagar öppnar hon bara munnen för att säga fan, jävlar, skit, eller sparkar på stolar och fåtöljer och då får man lust att säga åt henne att om du inte är nöjd kan du sticka hem till dig. Problemet är bara att hon inte har något hem. Problemet är att hon är den enda, för att jag har tämjt henne. Och jag är säker på att Lucas också tycker om henne. Även om han ibland säger att han har fått nog eller undrar vad det ska tjäna till. Och även om han ibland säger att vi inte är starka nog, att vi inte kommer att klara av det.

En kväll följer jag No till hotellet, det är mörkt, hon bestämmer sig för att bjuda mig på ett glas, som tack för alla gånger jag har bjudit henne, och vi går in på en bar. Jag ser henne dra i sig tre vodka på raken, jag får en klump i magen men jag vågar inte säga något. Jag vet inte vad jag ska säga.

En annan kväll promenerar vi tillsammans i närheten av Bastiljen när en man ropar på oss, ni har möjligtvis inte en slant, han sitter med ryggen lutad mot skyltfönstret i en tom affär, No kastar en blick, vi går förbi honom utan att stanna. Jag puttar till henne med armbågen, det är ju Momo, din kompis från Gare d'Austerlitz! Hon stannar, tvekar lite innan hon vänder på klacken och går fram till honom och säger: hej Momo och räcker honom en tjugoeurosedel. Momo reser sig och står framför henne rak som en fura, han synar henne uppifrån och ner men han tar inte sedeln utan spottar på marken och sätter sig ner igen. Jag vet så väl vad hon tänker när vi går vidare, hon tillhör inte hans värld längre men hon tillhör inte vår heller, hon är varken ute eller inne, hon är mittemellan, där det inte finns någonting.

En annan dag när hon nyss har vaknat och Lucas är och handlar sitter vi i vardagsrummet båda två, hon har röda märken på halsen och påstår att halsduken fastnade i en rulltrappa. Jag kan inte säga: det är ju troligt, än mindre bli arg. Jag kan inte längre överösa henne med frågor som förr och envisas tills jag får ett svar. Jag märker att hon blir glad när jag kommer, hon reser sig alltid direkt när hon får se mig, så fort hon hör mig. Jag märker att hon behöver mig. De få gånger jag inte har kunnat komma för att det har varit för riskabelt har hon fått panik. Det har Lucas berättat.

Hon sparar pengar. Hon lägger ner sedlar i ett brunt kuvert. En dag när det finns tillräckligt ska hon åka till Loïc på Irland, det är det hon har sagt till mig. Hon vill inte att jag ska berätta något för Lucas, varken om kuvertet eller om Loïc eller Irland. Jag lovar med ena handen uppsträckt som när jag var liten och svor på min mammas huvud. Jag har aldrig vågat titta i kuvertet. Hon pratar bara om Loïc när Lucas inte är hemma. Hon berättar om deras eskapader på internatet, knepen för att få extra mat i skolmatsalen, kortspelen, de nattliga utflykterna.

De älskade varandra. Det är det hon har sagt till mig.

De berättade vad de hade varit med om och avslöjade

sina drömmar för varandra, de ville resa långt bort tillsammans, de rökte och drack kaffe i samlingsrummet där de grå väggarna var täckta med affischer för amerikanska filmer. De satt och viskade i timmar och när de gick stod plastmuggarna kvar med intorkat socker i botten. Innan Loïc började på internatet hade han suttit på en ungdomsvårdsskola därför att han rånat ett bageri och snott en väska av en gammal dam. Han var bra på poker, han brukade dra upp skrynkliga sedlar ur fickan och satsade stort mot ingenting, han lärde upp No, Geneviève och de andra och de spelade långt in på natten i den tysta sovsalen, långt efter släckningstid. Hon visste när han hade kontroll över spelet, när han bluffade och när han fuskade, ibland kom hon på honom, då slängde hon sina kort på bordet och lämnade spelet, och han sprang efter henne, tog hennes ansikte mellan händerna och kysste henne. Geneviève brukade säga ni är skapta för varandra, ni två.

Jag får ofta lust att ställa frågor till No, om kärlek och så, men jag märker att det inte är rätt tillfälle.

När Loïc blev myndig stack han från internatet. Sista dagen talade han om för No att han skulle till Irland och söka arbete för att få miljöombyte. Han sade att han skulle skriva till henne så snart han hade skaffat sig någonstans att bo, och att han skulle vänta på henne. Han lovade. Geneviève slutade på internatet samma år och började på en yrkesutbildning. No var sjutton år. Året efter började hon rymma igen. En kväll i Paris träffade hon en man på en bar, han bjöd henne på sprit och hon såg honom djupt i ögonen medan hon hällde i sig det ena glaset efter det andra, hon ville att det skulle bränna inombords, hon skrattade och grät tills hon ramlade av barstolen. Ambulansen kom och sedan polisen, det var så hon hamnade på ett akutboende för minderåriga i fjortonde arrondissementet, några veckor eller månader innan jag träffade henne. Breven från Loïc har hon gömt någonstans, på ett ställe som bara hon känner till. Massor med brev.

När hon känner att hon inte står ut längre eller när hon inte vill äta för att hon mår illa, säger jag med låg röst, tänk på Loïc där borta, han väntar på dig.

JAG HÖLL UTSIKT efter Lucas silhuett på skolgården in i det sista, jag gick uppför trapporna efter de andra och smög mig in i sista sekunden innan monsieur Marin stängde dörren. Lucas är inte där.

Monsieur Marin håller upprop. Léa har en tajt svart tröja och silverarmband. Axelle har fått tillbaka sin normala hårfärg, hon har läppglans på sig. Léa vänder sig om för att höra om Lucas är sjuk. De ler mot mig i samförstånd. Monsieur Marin inleder lektionen som vanligt, han går runt mellan bänkarna med händerna på ryggen, han tittar aldrig i sina anteckningar, han har allt i huvudet: datum, siffror och kurvor. Man skulle kunna höra en knappnål falla.

Det är helt galet hur *saker och ting* kan se normala ut på ytan. Om man anstränger sig lite. Om man undviker att lyfta på mattan. Man skulle nästan kunna tro att man befinner sig i en perfekt värld där allting alltid ordnar sig till slut.

Lektionen har hållit på i en halvtimme när Lucas knackar på dörren. Han stiger in. Monsieur Marin låter honom sätta sig ner och fortsätter sin utläggning, Lucas tar fram sin pärm och tar av sig jackan och vi antecknar. Tänker Marin verkligen låta det passera?

Nej.

Attacken låter inte vänta länge på sig.

– Gick väckarklockan sönder, monsieur Muller?

– Öh, nej, m'sieur, men hissen. Jag satt fast i hissen.

Ett glatt sorl sprider sig mellan raderna.

– Och det tror ni att jag ska svälja?

– Ja ... Nej, jag menar, det är sant.

– Jag har undervisat i snart trettiofem år, monsieur Muller, och ni är säkert den femtionde eleven som försöker med hissvarianten ...

– Men ...

– Ni kan åtminstone använda fantasin. Ni har vant oss vid en högre nivå. Om en flock getter hade spärrat er väg hade jag antagligen haft överseende.

– Men ...

– Ni kan ta på er ytterkläderna igen. Gå och hälsa på hos rektorn.

Lucas reser sig, tar jackan och går ut utan att se på mig. Han ser orolig ut. Han går utan protester. Det är inte likt honom. Utan att muttra, utan att knota, han släpar inte ens fötterna efter sig eller slänger igen dörren. Det måste ha hänt något.

När lektionen är slut följer monsieur Marin efter mig ut i korridoren och ropar på mig.

– Ert skosnöre har gått upp, mademoiselle Bertignac.

Jag rycker på axlarna. Mina skosnören har varit oknutna i snart tretton år nu. Jag tar ut stegen och kliver över dem. Det är en träningssak. Monsieur Marin går förbi med ett leende på läpparna.

– Ta hand om er.

Jag har inte sagt ett ord. Han förstår precis.

Utanför engelsklektionen träffar jag Lucas, jag hinner inte ens fråga: No har inte kommit hem. Han har lämnat nyckeln under dörrmattan. Han säger att hon mår dåligt, hon dricker i smyg, hon stinker alkohol på långt håll, hon gör vad som helst, vad som helst, han pratar fort och högt, han tänker sig inte för längre, han måste höras i andra änden av korridoren, han säger: vi kommer inte att klara det, Lou, du måste fatta det, vi kan inte låta henne hållas, hon tar grejer, det går inte att snacka med henne längre, vi kan inte slåss mot det där ...

– Mig pratar hon med.

Lucas tittar på mig, han ser ut att tycka att jag är galen, han går in i salen, jag sätter mig bredvid honom.

– Du förstår inte, Smulan, du vill inte förstå.

Jag står lutad mot mitt träd som också är hans träd, runt omkring hörs skrik och skratt. Jag vet inte vad jag ska säga. Jag förstår mig inte på tillvarons ekvation, indelningen mellan dröm och verklighet, jag förstår inte varför *saker och ting* tippar över, slås omkull, försvinner, varför livet inte håller sina löften. Axelle och Léa är på väg mot oss med bestämda steg, arm i arm.

– Hej!

– Hej.

– Vi vill bjuda er på en fest hos Léa nästa lördag.

Lucas ler.

– Okej, vad schyst.

– Är du på MSN?

– Jepp.

– Ge oss din adress så skickar vi inbjudan!

Jag gillar det inte. Vi har annat att tänka på. Vi kämpar mot *sakernas* gång. Vi förenas av samma löfte. Ett tyst löfte. Det är mycket viktigare. Resten betyder ingenting. Resten får inte betyda något.

Jag säger inget, jag hör dem prata musik, Lucas ska ta med sin iPod, han har en massa låtar på den, så det räcker hela natten, världens bästa låtar och så. Tjejerna gapskrattar och är helt begeistrade, de vänder sig till mig, och du också, Lou, den här gången kommer du väl? Jag iakttar dem när de skrattar med honom, de är femton år, har bröst innanför behåarna och rumpor som fyller ut jeansen. De är söta, det kan man inte förneka, det finns ingenting hos dem som skulle kunna få en att tycka att de är fula, ingenting. Lucas stryker undan håret som faller ner i ögonen på honom, och plötsligt tycker jag inte om den gesten längre, inte heller hans självsäkra och avspända sätt.

Jag surar lite resten av dagen. Det är skönt att sura, det är som att skälla ut någon framför spegeln, det lättar. Men det får inte vara för länge, bara länge nog att markera, man måste kunna sluta innan det börjar få fäste. Det är därför jag drar honom med mig efter mattelektionen och säger: kom, vi går hem till dig, jag bjuder dig på en *brioche suisse*. Det är hans favoritbulle, han älskar vaniljkrämen och chokladsmulorna. Han älskar smulor, det är det jag tänker på när vi står i kön på bageriet, han älskar mig men han vet inte om det. Eller också tycker han att jag är för liten för att kyssa mig. Eller också är han sur på mig för att jag har övergett honom för No. Eller också är han kär i Léa Germain. Eller också ...

Problemet med hypoteser är att de förökar sig med ljudets hastighet om man ger efter.

Vi har med oss en jättestor påse vetebröd när vi kliver in i lägenheten. Gardinerna är fördragna. Hon ligger på soffan i halvmörkret, hon måste ha kollapsat där när hon kom hem på morgonen, T-shirten är uppdragen över magen, en sträng av saliv rinner från mungipan, håret hänger utanför soffkanten, hon ligger utfläkt på rygg. Vi smyger, jag vågar knappt andas. Lucas tittar på mig och i hans ögon kan jag läsa i versaler: vad var det jag sade.

Det är sant att det står en tom flaska bredvid henne. Det är sant att det osar alkohol i rummet. Det är sant att hon mår dåligt. Inte mycket bättre än förut. Men förut var hon ensam. Förut oroade sig ingen i hela världen över var hon sov eller om hon hade något att äta. Förut oroade sig ingen i hela världen över om hon hade kommit hem. Nu är vi där. Vi bär in henne till sängen när hon inte orkar själv, vi är oroliga när hon inte kommer hem. Det gör skillnad. Det kanske inte ändrar *sakernas* gång, men det gör skillnad.

Lucas lyssnar på mig. Han säger ingenting. Han skulle

kunna säga att du är pytteliten och du är jättestor, Smulan, men han håller tyst. Han vet att jag har rätt. Det gör skillnad. Han smeker mig över håret.

Förut trodde jag att *saker och ting* hade existensberättigande, en dold mening. Förut trodde jag att den meningen rådde över världens ordning. Men det är en illusion att tänka att det finns bra eller dåliga anledningar, i det fallet är grammatiken en lögn som vill få oss att tro att satserna hänger ihop sinsemellan i en logik som avslöjas vid ett närmare studium, en lögn som förts vidare under flera sekler, för nu vet jag att livet bara består av lugn och obalans som avlöser varandra i en ordning som inte är underställd någon som helst nödvändighet.

DE HAR TAGIT fram kartongerna ur garderoben och ställt dem på golvet. De sitter på golvet båda två och sorterar grejer, papper och tidningar som ligger utspridda framför dem. Pappa har tagit två dagars semester för att göra en storstädning innan han målar om. Jag kommer in i vardagsrummet med väskan över axeln och säjer hej. Mamma frångår inte sin frågeritual: har du haft en bra dag, fick du vänta länge på bussen? Hon har håret utsläppt och örhängena som pappa gav henne i julklapp förra året. De har gjort två högar: det som ska sparas och det som ska kastas. De är nöjda. De ställer i ordning. De organiserar sig för ett nytt liv. Annorlunda. Naturligtvis har de inte glömt No, inte helt. Ibland talar vi om henne på kvällen när vi äter middag, pappa försöker lugna mig, vi kommer att höra av henne en dag, det är säkert. Han ringer fortfarande till socialassistenten då och då.

Jag ställer väskan i mitt rum, tittar i skåpen i köket, tar ett äpple och går in till dem i vardagsrummet. De arbetar under tystnad, mamma håller upp ett föremål och ser frågande på pappa, han svarar med en nick, hon lägger ner föremålet i rätt hög. Sedan är det han som rådgör med henne om en hög med gamla tidningar, hon rynkar på näsan, han lägger dem åt sidan. De förstår varandra.

– Jag är bjuden till en klasskompis på fest nästa lördag.

– Jaha, vad kul.

Det är pappa som fattar besluten, mamma har inte ens lyft blicken.

– Det är på kvällen. Börjar klockan åtta.

– Jaha. Hur länge håller det på?

– Jag vet inte, till midnatt kanske. Så länge man vill.

– Vad bra.

Så där. "Vad bra." Allt är perfekt. Allt är så bra det kan bli. Saken är ordnad.

Jag går tillbaka till mitt rum och lägger mig på rygg med armarna rakt ut, som No.

Jag tycker inte om det här nya livet. Jag gillar inte när *saker och ting* bleknar, går förlorade, jag gillar inte att låtsas att jag har glömt. Jag glömmer inte.

Jag tycker inte om när det blir mörkt på kvällarna. Alla dagar som för alltid försvinner in i skuggorna.

Jag letar bland mina minnen efter tydliga bilder med exakt rätt ljus. Alla timmar då jag lekte med Playmobil med mamma, alla historier vi hittade på här på heltäckningsmattan, om och om igen, tusentals gånger. Vi sorterade plastfigurerna i grupper med män, kvinnor och barn, vi gav dem röster och förnamn, de gav sig ut på picknick i en gul lastbil, de tältade och firade födelsedagar. De hade cyklar, plastmuggar, hattar som man kunde ta av och orubbliga leenden. Det var före Thaïs.

Jag minns en höstkväll, senare, jag var nog nio eller tio år. Mamma och jag är i en park, det mörknar, det är nästan ingen kvar i parken, de andra barnen har gått hem, det är dags att bada, ta på pyjamasen, stoppa de fuktiga fötterna i tofflorna. Jag är klädd i en blommig kjol och kängor, jag är barbent. Jag cyklar, mamma sitter på en bänk och håller ett öga på mig på avstånd. I parkens mittgång sätter jag fart, jackan är knäppt och håret fladdrar i vinden, jag trampar allt vad jag orkar för att vinna loppet, jag är inte rädd. I svängen får jag sladd, cykeln far ut åt sidan, jag flyger iväg och slår i knäna. Jag rätar på benen, det gör ont. Jag har ett stort sår på ena knät och det har fastnat jord och småsten i det. Jag vrålar. Mamma sitter på sin bänk några meter därifrån och tittar ner i marken. Hon har inte sett. Hon hör inte. Blodet börjar rinna, jag vrålar ännu högre. Mamma rör sig inte, hon är totalt frånvarande. Jag skriker så mycket jag kan, jag skriker mig hes, jag har blod på händerna, jag har böjt det skadade knät och tittar på det, tårarna bränner på kinderna. Från min plats ser jag en dam resa sig och gå fram till mamma. Hon lägger handen på hennes axel, mamma tittar upp, damen pekar på mig. Jag ökar volymen. Mamma vinkar åt mig att komma. Jag rör mig inte, jag fortsätter att vråla. Hon sitter som förlamad. Då kommer damen fram och sätter sig på huk bredvid mig. Hon tar fram en näsduk ur väskan och torkar av benet. Hon säger att såret måste desinficeras när jag kommer hem. Hon säger: kom, jag ska ta dig med till din mamma. Hon hjälper mig upp, tar cykeln och leder mig till bänken. Mamma ger mig ett blekt leende. Hon tittar inte på damen, tackar inte. Jag sätter mig bredvid henne, jag har slutat gråta. Damen går tillbaka till sin plats. På en bänk. Hon tittar på oss. Hon kan inte låta bli. Jag håller näsduken som damen gav mig hårt i handen. Mamma reser sig, hon säger: nu går vi hem. Vi går. Vi går förbi damen som inte släpper mig med blicken. Jag vänder mig om en sista gång. Hon gör en gest. Och jag förstår vad den gesten betyder när mörkret faller över en tom park. Det betyder du måste vara stark, du måste vara väldigt modig, du måste växa upp med det här. Eller snarare utan.

Jag går bredvid cykeln. Grinden slår igen bakom mig med en smäll.

– Monsieur Muller, ställ er upp och räkna till tjugo. Den här morgonen är Lucas helt upp och ner, det syns på hans smala ögonspringor, det rufsiga håret och hans frånvarande min. Han suckar ljudligt, reser sig i ultrarapid och börjar räkna.

– Ett, två, tre ...

– STOPP! Det är ert betyg, monsieur Muller: tre av tjugo. Ni fick uppgiften för två veckor sen, ert medelbetyg det här kvartalet är fem och en halv, jag ska be rektorn att stänga av er i tre dagar. Om ni vill gå om första ring en tredje gång är ni på god väg. Ni kan gå.

Lucas plockar ihop sina saker. Det är första gången han ser förödmjukad ut. Han protesterar inte och tappar ingenting, men innan han går ut ur klassrummet vänder han sig mot mig och det är som om hans ögon sade hjälp mig eller överge mig inte, men jag sitter stolt på min plats, med rak rygg, huvudet högt och ser koncentrerad ut, som om jag var med i *Jeopardy*. Det skulle passa mig fint att vara utrustad med en *centrallåsfunktion*.

Han tänker gå på Léas fest. Han tänker gå utan mig. Jag

har verkligen försökt föreställa mig dekoren och mig själv i den. Jag har verkligen försökt se mig själv på festen, i ljuset från spotlights, med musiken och eleverna från avgångsklassen och så. Jag har verkligen försökt hitta bilder som såg verkliga ut, bilder där jag dansar bland de andra, eller pratar med Axelle med ett glas i handen eller sitter i en soffa och skrattar. Men det funkar inte. Det är helt enkelt omöjligt. Det är otänkbart. Det är som att försökta tänka sig en snigel på Internationella trollsländemässan.

Ute på skolgården spanar jag efter honom, han pratar med François Gaillard och gestikulerar med armarna, jag ser på långt håll att han ler mot mig och jag kan inte låga bli att le jag med, trots att jag är arg, för jag har vare sig något pansar som sköldpaddorna eller en snäcka som sniglarna. Jag är en pytteliten snigel i Converse. Alldeles naken.

Efter skolan pratar Léa och Axelle högt, de står tillsammans med Jade Lebrun och Anna Delattre, två jättevackra tjejer i trean, och jag förstår genast att de pratar om Lucas, de har inte sett mig så jag gömmer mig bakom en stolpe och spetsar öronen.

– I morse var han på brasseriet på boulevarden med en jättekonstig tjej, de drack kaffe.

– Vad var det för tjej?

– Jag vet inte. Men det var ingen från skolan. Hon såg inte ut att må särskilt bra, det kan jag tala om, du skulle ha sett hennes likbleka nylle, hon grät och han skällde på henne som bara den.

Lucas kommer fram till mig. Tjejerna tystnar genast. Lucas och jag gör sällskap bort till metron. Jag är tyst. Jag tittar på mina skor, skarvarna på trottoaren, jag räknar fimpar.

– Du borde följa med mig till Léa på lördag, Smulan, så får du träffa lite nytt folk.

– Jag kan inte.

– Varför inte?

– Mina föräldrar går inte med på det.

– Har du frågat?

– Det är klart att jag har frågat dem och de säger nej. De tycker att jag är för ung.

– Vad synd.

Snack. Det struntar väl han i. Han lever sitt liv. Alla lever sitt liv. När allt kommer omkring har No rätt. Man ska inte blanda ihop *saker och ting*. Det finns grejer man inte kan blanda ihop. Han är sjutton år. Han är inte rädd att bli uttittad, han är inte rädd att göra sig löjlig, han är inte rädd för att prata med folk, inte med tjejer heller, han är inte rädd för att dansa, att inte smälta in, han vet att han är snygg och lång och stark. Och det retar mig.

Vi går vidare under tystnad. Jag känner inte för att prata med honom längre. Men jag måste följa med honom hem på grund av No. När vi kommer dit ska hon just gå till jobbet. Jag erbjuder mig att göra henne sällskap och säger hej då till Lucas. Vi tar trappan ner för hon blir illamående i hissen. Hon mår förresten illa kort och gott, det syns, hon är sårad i djupet av sitt hjärta.

När vi kommer ut på gatan tar hon upp en kartong ur väskan och ger mig den.

– Här, det är till dig.

Jag öppnar den och där ligger ett par röda Converse, dem jag har drömt om. Ibland är det verkligen svårt att hålla tillbaka tårarna. Jag önskar att jag kunde hitta något att räkna, där på stubben, inom synhåll, det skulle passa mig fint. Men jag får ingen snilleblixt, bara tårar i ögonen. Hon har köpt ett par Converse åt mig som kostar minst femtiosex euro. Röda precis som jag önskade.

– Tack. Det är för mycket. Du måste spara dina pengar, till resan ...

– Oroa dig inte för det.

Jag går bredvid henne. Jag gräver efter en pappersnäsduk i fickan, men jag hittar ingen, inte ens en använd.

– Vill Lucas att du ska ge dig av?

– Nej, nej, oroa dig inte. Allt är bra.

– Har han inte sagt nåt?

– Nej då, det ordnar sig. Bekymra dig inte. Det ordnar sig. Jag måste sticka nu. Gå hem, du, jag klarar mig.

Jag höjer blicken och får syn på reklamaffischen som vi har stannat under. Det är parfymreklam, en kvinna som går gatan fram med bestämda, spänstiga steg med en stor läderväska över axeln, håret flyger i vinden, hon är klädd i en pälskappa, bakom henne anar man en stad i skymning, fasaden på ett lyxhotell, glittrande ljus, en man vänder sig om efter henne, trollbunden.

Hur uppstod den, skillnaden mellan affischerna och verkligheten? Är det livet som har glidit från affischerna eller affischerna som har glidit ifrån livet? När blev det så? Vad är det för fel?

Jag låter No gå, hon har en plastpåse i handen, svänger runt gathörnet, ingenting blänker runt omkring henne, allt är mörkt och grått.

NÄR JAG KOMMER hem kastar jag mina grejer på golvet, jag tycker om att visa att jag är irriterad, då är mamma tvungen att anstränga sig för att tala med mig. Det funkar varje gång. Hon är påklädd och sminkad, och om man inte tittar så noga ser hon ut som en standardmamma som nyss har kommit hem från jobbet. Hon följer efter mig ut i köket, jag har varken sagt god morgon eller god kväll, jag öppnar dörren till skafferiet men stänger den genast igen, jag är inte hungrig. Hon följer efter mig till mitt rum, jag smäller igen dörren mitt framför näsan på henne. Jag hör henne skrika på andra sidan dörren, det gör mig helt mållös, det måste vara tre miljarder år sedan hon skällde på mig sist. Hon klagar på att jag aldrig plockar upp efter mig, på att jag slänger saker omkring mig, saxar, klister och snören, hon har fått nog av mina konceptuella experiment och mina hållbarhetstester, nog, nog, nog, lägenheten är en enda röra, det går knappt att prata med mig, vad är det för fel?

Det är alltså den stora Frågan: vad är det för fel? En allmän fråga, en fråga alla ställer sig men inte kan besvara. Vad är det som har gått snett? Jag öppnar inte, jag står kvar innanför dörren, jag svarar inte.

Jo, jag har exempelvis också fått nog, nog, nog av att vara alldeles ensam, nog av att hon tilltalar mig som om jag vore fastighetsskötarens dotter, nog av alla ord och experiment, nog av allt. Jag skulle önska att hon tittade på mig som andra mödrar tittar på sina barn, jag skulle önska att hon satte sig på min säng på kvällen och pratade lite innan hon släckte ljuset, utan att det kändes som om hon följer en markering på golvet och har lärt sig orden utantill.

– Öppna, Lou, öppna dörren!

Jag säger inget men jag snyter mig högljutt, för att ge henne dåligt samvete.

– Varför vill du inte tala med mig, Lou?

Jag vill inte tala med henne därför att hon inte lyssnar, därför att hon alltid ser ut att tänka på något annat, att vara i sin egen värld eller som om hon har satt en Sobril i halsen. Jag vill inte tala med henne därför att hon inte känner mig längre, därför att hon alltid verkar undra vad som binder oss samman, henne och mig, vad vi har med varandra att göra.

Jag hör nyckeln i låset, pappa kommer hem från jobbet och ropar på oss. Hans steg närmar sig, han talar viskande med mamma, jag kan inte höra vad de säger, hon går därifrån.

– Hallå där, min rebelliska smurf, släpper du in mig?

Jag låser upp. Pappa tar mig i sin famn.

– Vad är det frågan om?

Jag stirrar på den skrynkliga pappersnäsduken i handen, jag är verkligen jätteledsen.

– Nå?

– Mamma älskar mig inte.

– Varför säger du så, du vet mycket väl att det inte är sant.

– Jo, det är sant, och det vet du mycket väl. Sen Thaïs dog älskar mamma mig inte längre.

Då blir pappa alldeles blek, det är som om något har störtat ner över honom, och jag ångrar att jag sade så, trots att jag tänker det, för pappa har lagt ner otroligt mycket energi i åratal nu på att dölja sanningen.

Det tar flera minuter innan han kan svara och jag känner hur svårt han har att finna orden, de som kan luras, de som lugnar.

– Du har fel, Lou. Mamma älskar dig, hon älskar dig av hela sitt hjärta, hon vet bara inte längre hur hon ska visa det, det är lite som om hon hade glömt bort hur man gör, som om hon hade vaknat efter en lång sömn, hon tänkte mycket på dig i drömmarna och det är för din skull hon har vaknat. Du ska veta, Lou, att mamma har varit allvarligt sjuk ... Hon mår bättre, mycket bättre, men vi måste ge henne tid.

Jag sade okej för att visa att jag hade fattat. Jag log till och med. Men samtidigt tänkte jag på försäljarna utanför varuhuset Galeries Lafayette som står böjda över sina små stånd och demonstrerar otroliga maskiner som skär upp grejer i kuber, i tjocka eller tunna skivor, i lameller, i kompassrosor, som river, pressar, maler, blandar, kort sagt som gör absolut allting och som håller livet ut.

Men jag är faktiskt inte född på pendeltåget.

no har satt på teven, tagit fram vodkaflaskan hon haft gömd under sängen och slagit sig ner bredvid mig. Vi tittar på finalen av *Idol*, vi sitter nedsjunkna i soffan, hon låtsas intressera sig för juryns kommentarer men jag märker att hon egentligen struntar fullständigt i det, i det och i resten, att hon struntar i allt.

Mina föräldrar är på teatern och de har gett mig tillåtelse att vara hos Lucas, de ska komma förbi och hämta mig efter pjäsen. Jag hade med mig en ost- och skinkpaj som mamma har gjort, jag stannade på vägen och köpte lichi och mango som No älskar. Hon ska inte jobba i kväll, det är hennes lediga dag.

Vi väntar på Lucas. På torsdagarna har han sin gitarrlektion. Sedan läraren talade om för hans mamma att han bara kom varannan gång går han dit för att slippa problem. Han har inte kommit hem än. Tiden går och jag tänker att det inte kan vara gitarrlektionen som gör att han är så sen. Tiden går och jag tänker på festen hos Léa, som jag inte gick på. De har kanske stämt träff för att ta ett glas, hon har kanske tagit på sig sin svarta tröja med djup V-ringning och sina tajta jeans. Han har kanske också fått nog.

För att rösta på Océane, tryck 1, för Thomas, tryck 2. No håller på Océane, men jag skulle rösta på Thomas för han ser lite ut som Lucas, fast smalare och med mindre ögon, för Lucas ögon är stora och svarta.

På teve har alla vita tänder. Jag frågar No vad hon tror att det beror på, om det beror på belysningen eller på tandkrämen de använder, som bara är till för stjärnor, eller om det finns en produkt som de målar tänderna med före programmet, ett slags lack som får tänderna att blänka.

– Jag vet inte vad *det beror på*, Lou, du funderar för mycket, det slutar med att du tar kål på dina hjärnceller.

Hon är på dåligt humör. Hon kurar ihop sig i soffan, jag betraktar henne i smyg. Hon är mager som första gången jag träffade henne, det ser ut som om hon inte har sovit på flera veckor, ögonen är feberblanka. Så fort man börjar se sig omkring börjar man undra över saker. Jag ser mig omkring, det är allt. Och jag tänker att om hon fortsätter så här kommer hon aldrig att orka ta sig till Irland. Jag ser att hennes händer darrar och att hon inte orkar hålla sig på fötter. Jag ser att det inte är mycket vodka kvar. Alkoholen skyddar henne, har hon förklarat för mig, men ändå vill hon inte att jag ska dricka, inte en droppe. Jag skulle också vilja skyddas av något, jag skulle önska att någon sade till mig att allt kommer att ordna sig, att allt det här inte är så farligt.

Under reklamen försöker jag distrahera henne.

– Du vet, på Irland finns det herrgårdar, slott, kullar,

otroliga klippor och till och med laguner.
– Jaså. Du kan väl följa med mig?
Det är inga tomma ord. Ingen oskyldig fråga. Hon väntar sig ett svar. Kanske liknar livet på Irland affischerna som man ser i metron. Kanske gräset verkligen är grönt och himlen så väldig att man kan se oändligheten. Kanske är livet lättare på Irland. Kanske kan hon räddas om jag reser med henne. Klockan är mycket och Lucas har inte kommit hem.
– Jag vet inte. Kanske ...
Loïc jobbar på en pub i Wexford och bor i ett stort hus på landet med hundar och katter. Det finns massor av rum i huset och ett jättestort kök, han har ofta vänner på besök, de grillar kyckling på spett, tänder brasor i trädgården, sjunger gamla visor, de spelar musik och tillbringar natten utomhus inlindade i täcken, han tjänar mycket pengar och gör av med dem utan att räkna dem. Han har skaffat ett hus för hennes skull, han har skickat foton, hon har sett hur höga träden är, det otroliga ljuset och sängen som de ska sova i. Loïc har långa smala händer, lockigt hår, dödskalleringar, en lång svart rock, det har No sagt. Hon har skrivit till honom och sagt att hon kommer snart, så snart hon har tillräckligt med pengar.
Océane vann. Tårarna rinner nedför kinderna, hon visar alla sina tänder i ett brett leende. Hon är vacker. No har somnat. Hon har druckit ur vodkaflaskan. Jag tittar på klockan igen. Jag skulle vilja veta hur mycket pengar det finns i kuvertet. Jag skulle vilja lägga mig bredvid henne, blunda och vänta på något som liknar musik, något som kan omsluta oss.

Jag har inte hört Lucas komma, han står framför mig. Jag skulle vilja böla är det dags att komma hem nu, med bestämd röst fråga var han har varit, ställa mig i vägen för honom så att han måste förklara. Jag skulle vilja vara tjugo centimeter längre och kunna bli arg.

Pappa ringer, teatern är slut och de kommer förbi om en halvtimme. Telefonsignalen måste ha väckt No, hon öppnar ögonen och frågar vem som vann. Hon är likblek och mumlar: jag måste spy, Lucas är snabb, han griper henne under armarna och hjälper henne ut i badrummet, hon stöder sig på toaringen och böjer sig framåt, han håller i henne medan hon kräks. Det sticker upp flera sedlar ur hennes jeansficka, femtioeurosedlar, jag griper Lucas i armen bakom ryggen på henne och pekar. Då blir Lucas vansinnig och trycker upp henne mot väggen, han vrålar, han är utom sig, jag har aldrig sett honom sådan, han vrålar: vad håller du på med, No, vad håller du på med, han skakar henne av alla krafter, svara mig, No, vad håller du på med? No biter ihop och ser på honom med torra ögon utan att svara, hon försvarar sig inte, hon ser på honom med sin trotsiga blick, och jag vet mycket väl vad den betyder, han håller henne om axlarna, och jag skriker sluta, sluta och försöker hålla tillbaka honom, hon tittar på honom och det betyder vad tror du, hur tror du man kan klara sig, hur tror du man kan klara sig ur den här skiten, jag hör det tydligt som om hon vrålade, jag hör inget annat. När han till slut släpper taget faller hon ner på golvet och slår upp läppen på toalettstolen, han smäller igen dörren och lämnar henne där skräckslagen.

Jag sätter mig bredvid henne, smeker henne över håret, det rinner blod på mina händer, jag säger: det är inte farligt, och jag upprepar det flera gånger, det är inte farligt, men innerst inne vet jag att det är farligt, innerst inne vet jag att jag är pytteliten, innerst inne vet jag att han har rätt: vi är inte starka nog.

INNAN JAG TRÄFFADE No trodde jag att våldet fanns i skrik, slag, krig och blod. Nu vet jag att våldet också finns i tystnaden, att det ibland inte är synligt med blotta ögat. Våldet är tiden som skyler såren och dagarnas oförsonliga gång, det går inte att vrida klockan tillbaka. Våldet är det som undgår oss, det tiger, visar sig inte, våldet är det som inte kan förklaras, det som för alltid kommer att förbli ogenomträngligt.

De har väntat på mig i tjugo minuter precis utanför, jag öppnar bildörren och sätter mig i baksätet, mammas parfym svävar i luften, hennes blanka hår faller ner över axlarna. De har ringt tre gånger nedifrån innan jag kom ner, de tappade tålamodet. Jag har ingen lust att prata, jag har ingen lust att fråga dem om de tyckte om pjäsen eller har haft en trevlig kväll. Bilden av No har fastnat på näthinnan. No sittande på golvet med blodig mun. Och ovanpå den, bilden av Lucas som slår näven i väggen. Pappa ställer bilen på parkeringsplatsen, vi tar hissen upp, klockan är över tolv. Han vill tala med mig. Jag följer efter honom in i vardagsrummet, mamma går ut i badrummet.

– Vad är det som pågår, Lou?

– Inget.

– Jo. Det är något. Om du såg hur du såg ut skulle du inte säga inget.

– ...

– Varför är ni alltid hemma hos Lucas? Varför bjuder du aldrig hem dina vänner hit? Varför vill du inte att jag ska komma upp och hämta dig? Varför låter du oss vänta i tjugo minuter trots att jag hade förvarnat om att vi var på väg? Vad är det som pågår, Lou? Förut hade vi det ganska bra, du och jag, vi berättade saker för varandra, vi pratade med varandra. Vad är det för fel?

– ...

– Är No hos Lucas?

Då kan jag inte låta bli att titta upp. Fan också. Pappa är för bra. Och vi som hade säkrat hela grejen.

– Svara mig, Lou, är No hos Lucas?

– Ja.

– Har hans föräldrar tagit emot henne?

– Ja ... eller ... nej. Hans föräldrar är inte där.

– Är hans föräldrar inte där?

Det blir tyst i några sekunder medan pappa begrundar det jag sagt. Hela den här tiden har jag varit hos Lucas, hela den här tiden har vi varit utlämnade åt oss själva i den där stora lägenheten, utan minsta skugga av en förälder, hela den här tiden har jag undanhållit sanningen. Hela den här tiden har de varit upptagna med annat. Han tvekar mellan förebråelse och ett utbrott och drar ett djupt andetag.

– Var är hans föräldrar?

– Hans pappa har flyttat till Brasilien och hans mamma bor i Neuilly, hon kommer hem ibland på helgerna.

– Har No varit hos honom sen hon stack härifrån?

– Ja.

– Varför har du inte sagt nåt?

– För jag var rädd att du skulle skicka iväg henne till nåt behandlingshem.

Pappa är tvärilsken. Tvärilsken och trött. Han lyssnar på mina förklaringar. Hon vill inte till något härbärge för att det är skitigt, för att de blir utslängda klockan åtta på morgonen, för att man bara kan sova med ett öga annars blir man plundrad, för att hon behöver ha sina saker någonstans, ha ett ställe där hon kan landa. Hon vill inte söka vård för ingen kommer att vänta på henne efteråt, när hon kommer ut, ingen tar hand om henne, hon tror inte längre på något, hon är alldeles ensam. Jag gråter och fortsätter, jag säger vad som faller mig in, i vilket fall som helst struntar ni ju blankt i det, i No och i mig, ni har kastat in handduken, ni har gett upp, ni försöker bara bättra på kulisserna, måla över sprickorna, men inte jag, jag ger inte upp, jag kämpar. Pappa ser på mitt rödgråtna ansikte och min snoriga näsa, han ser på mig som om jag har blivit galen och jag fortsätter, jag kan inte sluta, ni struntar blankt i det för ni har det varmt och skönt och det stör er att ha någon som super hemma hos er, någon som inte mår bra, för det stökar till bilden, ni tittar hellre i Ikeakatalogen.

– Du pratar en massa dumheter, Lou. Det är orättvist och det vet du. Gå och lägg dig.

Mamma är färdig i badrummet, hon har antagligen hört mig skrika och kommer ut till oss i vardagsrummet insvept i en sidenmorgonrock, hon har fixat till håret, pappa berättar hela historien med några få ord, jag måsta säga att han besitter en mycket god sammanfattningsförmåga, som madame Rivery skulle ha understrukit. Mamma tiger.

Jag skulle önska att hon tog mig i famnen, att hon smekte mig över pannan och håret och kramade mig hårt tills snyftningarna lade sig. Som förr. Jag skulle önska att hon sade: oroa dig inte eller jag är här nu, jag skulle önska att hon kysste mina svullna ögonlock.

Men mamma står kvar i dörren till vardagsrummet med hängande armar.

Då tänker jag att våldet är där också, i denna uteblivna gest.

JAG HÖR GENAST att det är hon i telefonen, klockan är tio på förmiddagen och hon bönfaller mig att komma, hon upprepar snälla flera gånger, hon måste ge sig av, Lucas mamma har fått reda på det, hon kommer att dyka upp och kolla, jag måste komma nu. Hon klarar det inte själv. Hon upprepar det flera gånger: jag klarar det inte själv.

Ögonblicket vi har varit så rädda för är inne. Det ögonblick då No blir tvungen att packa och ge sig av igen. Klockan är tio och linjen har brutits, brytpunkten är där, synlig. Klockan är tio och jag ska ge mig av, ge mig av med No. Jag letar fram en sportväska ur garderoben som jag brukar använda på semestern och ställer den på sängen. Jag lägger ner lite kläder, tandborsten och tandkrämen stoppar jag i min necessär tillsammans med några rosa bomullstussar och en svalkande lotion som mamma har köpt åt mig. Jag har svårt att andas.

Mina föräldrar har gått iväg tidigt till marknaden. Jag ska ge mig av utan att träffa dem, jag ska ge mig av som en tjuv, jag har en klump i halsen. Jag ska ge mig av för det finns ingen annan lösning, för jag kan inte lämna No, överge henne. Jag bäddar, sträcker ut överlakanet ordentligt, slätar till täcket och buffar upp kudden. Jag viker ihop nattlinnet, lägger det överst i väskan. I köket hittar jag några kakpaket som jag lägger ner tillsammans med en rulle hushållspapper, jag tar fram papper och penna, jag letar efter de rätta orden, lämpliga ord, oroa er inte, ring inte till polisen, jag har valt ett annat liv, jag måste hålla ut, hålla ut ända till slutet, förlåt, bli inte arga på mig, timmen är slagen, adjö, er dotter som älskar er, men allt verkar så futtigt och löjligt, orden lever inte upp till ögonblicket, till allvaret, orden kan inte återge vare sig nödvändigheten eller rädslan. Jag slår igen blocket utan att skriva något. Jag drar på mig min vinterparkas och stänger dörren bakom mig. På trappavsatsen tvekar jag igen, hjärtat slår så snabbt, en sekund är som en evighet, men det är för sent, väskan står vid mina fötter och jag har lämnat nycklarna på insidan av dörren.

När jag kommer ut promenerar jag snabbt, går över gatan utan att se mig för, kylan river i halsen, jag tar mig uppför trapporna fyra steg i taget och när jag kommit upp tar det mig flera minuter att hämta andan. Det är Lucas som öppnar dörren, han ser ungefär lika panikslagen ut som hon, han springer runt, plockar några saker här och där, kommer tillbaka, går ut ur rummet igen. No sitter orörlig på sängen.

Hon ser på mig och det är som en bön, det är samma blick som hon hade den dagen då hon bad mig tala med henne, fast allvarligare, spändare, en blick man inte kan säga nej till. Jag letar fram lite kläder, klär på henne, tar på henne skorna och kammar hennes hår med fingrarna. Jag tar hennes grejer som ligger på golvet, stoppar ner allt jag hittar i resväskan, bäddar sängen och ställer upp fönstret för att vädra.

No reser sig till slut och tar det bruna kuvertet i skåpet, jag hjälper henne att ta på sig jackan, säger till Lucas att pappa antagligen har ringt hans mamma, att han måste slipa sina argument. Till slut står vi alla tre i hallen, Lucas ser min väska bredvid dörren, jag drar No i ärmen, vi har ingen tid att förlora. Frågan hänger mellan oss, vad gör du Smulan, vart ska du, jag möter hans blick, han ser helt hjälplös ut. Jag trycker på hissknappen utan att se mig om.

Vi kommer ner på gatan, No och jag, och det är iskallt ute, jag bär hennes resväska i ena handen och min väska i den andra, det finns inte en katt i närheten. Jag tänker: jag kommer aldrig tillbaka hem, jag är här ute med No för resten av livet. Jag tänker: det är så här *saker och ting* slår över, exakt så, utan förvarning, utan varningsskylt, det är så här *saker och ting* tar slut och aldrig blir som förr igen. Jag är här ute med No.

Vi stannar till på ett kafé i närheten, No har pengar. Hon vill att jag ska ta en croissant, bröd och smör, en stor kopp varm choklad, hon insisterar, hon vill att vi ska äta en supermegastor-frulle, hon gräver fram en tjugoeurosedel ur kuvertet. Vi slukar allt till sista smulan, det är varmt och vi mår bra. Det verkar som om hon lugnar ner sig vartefter, hon darrar inte lika häftigt, hon beställer in en kopp choklad till och ler. Vi sitter kvar där i minst två timmar för värmens skull, det får mig att tänka på första gången, när jag förberedde mitt föredrag. När allt verkade möjligt. Jag har ingen lust att vara ledsen så jag berättar om en Gad Elmaleh-sketch om flygrädsla som jag har sett några dagar tidigare på teve. Hon skrattar. Efter det pratar vi inte speciellt mycket, vi nöjer oss med att se oss omkring, titta på folk som kommer och går, vi lyssnar på samtalen vid bardisken, jag är säker på att hon skulle somna, om hon blundade.

Det är hon som vill gå på bio, hon säger: snälla, än en gång, det bekymrar mig att hon gör av med så mycket pengar, hon säger: oroa dig inte för det, hon upprepar snälla, det är så länge sedan jag var på bio. Vi tar metron till Forum des Halles, hon tar väskan och jag resväskan, på långt håll ser vi ut som två turister på jakt efter ett hotell.

Vi väljer film på måfå och sjunker ner i fåtöljerna, No köper popcorn, hon insisterar, vi delar på struten under reklamen, jag mår illa men jag vill göra henne glad. Jag tror att hon sover lite mot slutet men jag låtsas inte märka det, hursomhelst missar hon inget av värde. Vi tillbringar resten av eftermiddagen i kvarteret, hon vill köpa allting, en halsduk till Lucas, hårspännen till mig, cigaretter, hon stannar utanför vartenda skyltfönster, går in i butikerna, envisas med att jag ska välja ett ljus, ett par handskar, vykort, hon säger hela tiden: oroa dig inte, och klappar på jackan i höjd med innerfickan. Jag får låtsas som om det inte finns något jag gillar för att hon inte ska köpa en massa onödiga saker, men jag kan inte hindra henne från att välja ut en mössa till sig och en likadan till mig. Vid sextiden sätter vi oss på kanten till Fontaine des Innocents, det är fortfarande kallt, vi delar på en jättestor våffla med Nutella på, vi sitter kvar där och kommenterar folk som går förbi, hon ber mig hitta på liv åt dem, som förr, så jag hittar på de mest otroliga grejer för att få henne att skratta. Jag pratar för att glömma att jag har stuckit hemifrån utan ett ord, jag pratar för att inte tänka på hur bedrövade mina föräldrar ska se ut, hur oroliga de ska bli, på alla hypoteser de måste tänka igenom utan att riktigt tro på dem. Vid den här tiden har de antagligen börjat bli oroliga, de har kanske ringt till polisen. Eller också har de väntat och tänkt att jag ska komma hem, de litar på mig och väntar fortfarande. Jag ser för mig hur mamma sitter i soffan medan pappa går av och an med blicken fäst vid vägguret i vardagsrummet. Det har blivit mörkt, jag är rädd att jag inte ska klara det, att jag inte ska vara stark nog, jag jagar bort bilden men den kommer tillbaka, blir allt tydligare, men jag skjuter undan den, jag vill vara här, med No.

Plötsligt verkar allt så lätt, att lämna sin delmängd, blunda och sticka, balansera på en lina, som en lindansare, stiga ut ur sitt liv. Det verkar så enkelt. Och svindlande.

– Vi reser till Irland. Jag följer med dig.

No vänder sig mot mig, hon är röd om näsan och har mössan neddragen till ögonen, hon svarar inte.

– I morgon tar vi tåget från Saint-Lazare till Cherbourg, antingen är det direkt eller också får vi byta i Caen. I Cherbourg letar vi reda på hamnen och köper biljetter, det går båtar varannan dag, om jag hade vetat skulle jag ha kollat datumen, men det gör inget, vi får vänta. Och från hamnen i Rosslare går det tåg till Wexford.

Hon blåser på fingrarna för att värma dem och ser länge på mig, jag märker att hon är gråtfärdig.

– Vill du att jag ska följa med dig eller?
– Ja.
– Vill du att vi åker i morgon?
– Ja.
– Har du pengar så det räcker?
– Oroa dig inte för det, har jag sagt.
– Färjan tar arton timmar, lovar du mig att du inte kommer att kräkas på hela resan?

Det tar vi i hand på och vi skrattar så högt att folk vänder sig om, men vi struntar i det, vi ska resa till Irland, där gräset är grönare och himlen högre, där No ska bli lycklig, där Loïc väntar på henne. Jag följer spåret av vår andedräkt i kylan, jag stampar med fötterna för att värma mig, vi reser oss och går på måfå. Klockan måste vara minst tio på kvällen, trafiken är glesare, på Boulevard Sébastopol fortsätter vi norrut. Vi är utomhus. Utan hus. Vi har ingenstans att sova. No säger åt mig att ta på mig mössan och stoppa in håret i den så att man inte ska känna igen mig. Varje steg jag tar vid hennes sida för mig längre hemifrån, varje steg i natten tycks mig oåterkalleligt. Jag har ont i magen.

Längst upp på Boulevard de Strasbourg känner No till ett hotell där vi kan tillbringa natten.

Ägaren känner igen henne och ber om förskottsbetalning, hon tar fram sedlar ur kuvertet, jag hade gärna velat se hur mycket det finns kvar, men hon stoppar genast undan det. Han räcker oss en nyckel och vi går upp till rummet. Väggarna är gula och smutsiga, det luktar urin, lakanen ser inte särskilt rena ut, de svarta spåren i duschen beror på att den inte har blivit rengjord på länge. Det var här hon brukade sova innan jag träffade henne, när hon hade råd. Det var i sådana här kyffen som hon brukade kollapsa när det hade gått bra att tigga. Så här mycket kostar ett vidrigt rum som kryllar av kackerlackor.

No går ut igen för att handla på McDonald's, hon vill inte att jag ska följa med. Jag stannar kvar ensam, jag lyckas inte bli varm. Jag letar efter elementet och sedan tänker jag på mitt eget rum, på mitt regnbågsfärgade påslakan, på min gamla gula kanin som sitter på en hylla, på skjutdörrarna till min garderob, jag tänker på mamma, på hur hon brukar ropa på mig från köket, hur hon torkar händerna på handduken som hänger bredvid diskbänken, hur hon sitter och läser på tvären i fåtöljen, på hennes blick ovanför glasögonen, jag tänker på mamma och plötsligt saknar jag henne, det är som att befinna sig i en fritt fallande hiss. Som tur är kommer No tillbaka, hon har köpt två ostburgare, pommes, milkshake och en liten flaska whisky. Vi lägger oss tillrätta på sängen och hon börjar dricka, hon insisterar på att jag ska äta medan det är varmt, jag tänker på kuvertet, det kan inte vara mycket kvar med tanke på hur mycket vi har gjort av med. Och sedan tänker jag att om vi blir tvungna kan vi lifta till Cherbourg och sedan skulle vi klara oss. No kliver upp ur sängen, hon har trosor och T-shirt på sig, hon använder flaskan som mikrofon och härmar Johnny Hallyday så man kan skratta ihjäl sig, vi sjunger för full hals *que je t'aime que je t'aime et allumez le feu*, vi struntar i att folk bankar i väggen, vi struntar i lukten av död fisk, vi struntar i småkrypen på väggarna, vi två är tillsammans och vi ska resa bort, sticka iväg, vi ska resa långt bort.

När vi lägger oss har hon tömt flaskan, det ligger pommes frites på golvet, jag har inte tagit på mig nattlinnet med månen på och jag har inte borstat tänderna, jag är lätt som aldrig förr, allt är lugnt i mitt huvud, det har aldrig varit så lugnt och ljust, det finns inga ord kvar, bara gester, jag knuffar bort grejerna som ligger kvar på sängen, vi glider ner mellan lakanen och jag släcker ljuset.

DAGEN EFTER VAKNAR jag klockan åtta, det är måndag och jag tänker på Lucas, jag tänker på monsieur Marin som antagligen håller på med uppropet, jag läser i tanken upp namnen samtidigt som han, Amard, ja, Antoine, ja, Berthelot, ja, Bertignac? ... Jag kan se det som om jag är där, jag hör tystnaden i klassen. Mademoiselle Bertignac är inte här. Mademoiselle Bertignac har lämnat sitt liv, mademoiselle Bertignac har försvunnit. No vaknar mycket senare, jag har hunnit plocka ner våra saker i resväskan, kasta resterna från McDonald's och räkna blommorna i tapeten. Vi tar metron till Saint-Lazare, mitt emot oss håller en man på att resa sig och sätta sig om och om igen, han kollar kragen, rättar till slipsen, drar i skjortan, betraktar sig själv i fönsterrutan och några ögonblick senare börjar han om med alla rörelserna i samma ordning. Det är beviset, om det behövs, på att något är fel. Det räcker med att se sig omkring. Det räcker med att se folks blick, att räkna dem som pratar högt med sig själva eller som snackar strunt, det räcker med att ta metron. Jag tänker på livets biverkningar, de som inte står angivna på någon bipacksedel eller i någon bruksanvisning. Jag tänker att våldet finns även där, jag tänker att våldet finns överallt.

Vinden svepte in i stationsbyggnaden, vi gick fram till informationstavlan för att läsa avgångstiderna, nästa tåg till Cherbourg skulle gå två timmar senare. Vi letade reda på en väntsal där vi kunde ställa våra saker, vi satte oss på plaststolarna så långt från dörren som möjligt, hon rullade en cigarett, hon sade: jag ska gå och köpa biljetter, vänta här.

Jag vet inte hur jag kunde undgå att se att hon tog resväskan med sig, jag vet inte hur det är möjligt. Jag frågade henne om hon hade tillräckligt med pengar, hon upprepade oroa dig inte, jag tittade ner i väskan för att leta fram en pappersnäsduk medan hon gick sin väg. Jag såg inte, jag såg inte att hon drog resväskan efter sig.

Jag väntade på att hon skulle komma tillbaka. Jag var inte orolig. Jag väntade i en halvtimme. Sedan ännu en. Och sedan såg jag att resväskan var borta. Jag väntade lite till, för det var inte mycket annat jag kunde göra. För hon kunde inte ha åkt utan mig. Jag väntade för jag var rädd att vi skulle tappa bort varandra. Jag satt kvar och väntade på samma ställe för att hon skulle veta var jag fanns. Jag väntade och det blev mörkt. Jag tror att jag slumrade till lite, plötsligt tyckte jag att någon knackade mig på axeln bakifrån, jag öppnade ögonen men hon var inte där. Jag väntade men hon kom aldrig tillbaka.

Det var kallt och jag hade inget ätit sedan i morse. Till sist gick jag därifrån, sista tåget till Cherbourg hade precis gått, jag gick över den öppna platsen utanför stationen till Rue

Saint-Lazare, jag var omgiven av oljud, bilar, bussar, tutor, och det snurrade i min skalle, jag stannade till, jag smekte den lilla fällkniven som Lucas hade tappat på skolgården en dag utan att märka det och som jag alltid har i fickan.

No hade övergett mig. No hade gett sig iväg utan mig.

Det hade inte blivit tyst omkring mig, gatan fortsatte att leva, bullrig och stökig.

Vi håller väl ihop, Lou, vi håller väl ihop, har du förtroende för mig, litar du på mig, ring mig när du går, jag väntar på dig där nere, jag väntar utanför kaféet, det är bättre betalt men jag jobbar natt, låt mig sova, jag är dödstrött, jag orkar inte röra mig, berätta det inte för någon, vi håller ihop, Lou, om du tämjer mig blir du den enda i världen för mig, jag sade att jag ville prata med Suzanne Pivet, om du bara kunde följa med mig, du grubblar för mycket, det slutar med att du tar kål på dina hjärnceller, vi håller ihop, eller hur, följer du med mig, jag kommer aldrig att tillhöra din familj, Lou, vad tror du, följer du med mig, jag går och köper biljetter, det är inte ditt liv, fattar du det, det är inte ditt liv.

JAG GICK ÄNDA hem, jag hade ingen metrobiljett, jag hade ingenting. Jag gick länge, jag skyndade mig inte, jag bad inte om hjälp, jag gick inte till polisen. Jag fick ont i fötterna av gympaskorna. Något hade hänt mig. Något som jag måste förstå meningen i, som jag måste förstå innebörden av, för resten av livet. Jag räknade inga rödljus eller bilmärken, jag utförde inga multiplikationer i huvudet, jag letade varken efter synonymer till danaarv eller efter definitionen på kroppskonstitution. Jag gick med blicken rakt fram, jag kunde vägen, något hade hänt mig som hade fått mig att växa. Jag var inte rädd.

Jag ringde på dörren, mamma öppnade. Jag såg hennes härjade ansikte, hennes röda ögon. Hon stod framför mig men inte ett ljud kom över hennes läppar, och sedan drog hon mig till sig utan ett ord, hon grät som jag aldrig hade sett henne gråta förut. Jag vet inte hur lång stund det varade, tystnaden och hennes kropp som skakade av snyftningar, jag hade ont överallt men det kom inga tårar, jag kände en smärta som jag aldrig upplevt förr. Till slut sade hon du skrämde oss, hon gick in i vardagsrummet för att ringa till pappa som hade åkt till polisstationen.

LUCAS OCH JAG väntade några veckor innan vi åkte och hälsade på Geneviève. Vi tog metron till Porte de Bagnolet och gick in på stormarknaden med en kundvagn, vi lät oss dras med av musiken, klockorna pinglade och påskäggen upptog en hel gång. Vi köade vid charkdisken, Geneviève kände igen mig och sade att hon hade rast om en kvart och skulle möta oss i kafeterian.

Vi väntade på henne under gatlyktorna i orange plast framför en cocacola. Hon hade tagit av sig spetshättan och hade bara tjugo minuter på sig. Lucas erbjöd henne något att dricka men hon tackade nej. Jag tänkte att No kanske hade skickat ett kort till henne, till minne av deras tid tillsammans med Loïc, att hon kanske hade velat berätta för henne att hon var där borta, att hon mådde bättre. Men Geneviève hade inte hört något. Hon berättade om Loïc, exakt så som No hade berättat det för mig, hur han gav sig iväg till Irland, hur han lovade att skriva. Men No hade aldrig fått några brev. Varken då eller senare. De hade fått veta av en lärare att Loïc bodde i Wexford och att han jobbade i en bar. Han skrev aldrig.

MONSIEUR MARIN HAR precis avslutat sin lektion, vi har antecknat vartenda ord, trots att det är sista dagen. Han avslutar en kvart innan det ringer ut för att vi ska hinna städa i klassrummet. Vi tar ner affischerna från väggen, rullar försiktigt ihop kartor och diagram, salen ska målas om under lovet. Nästa år ska Lucas bo hos sin mamma i Neuilly, lägenheten ska säljas. Nästa år ska jag gå på Léa Germains födelsedagsfest, hon fick mig att lova det inför vittnen. Nästa år kommer monsieur Marin inte att vara kvar, han ska gå i pension. Han ser lite ledsen ut trots att han brukar klaga på att eleverna blir sämre för varje år och att det bara blir värre och värre, han föredrar att sluta innan han får undervisa en skock fårskallar.

Jag tittar ut genom fönstret på den klarblå himlen. Är vi så små, så oändligt små, att vi inget förmår?

Vi lämnar salen, eleverna tar hjärtligt avsked av monsieur Marin, lycka till, trevlig sommar, vila upp er ordentligt. När jag är på väg ut ropar han på mig.

– Mademoiselle Bertignac?

– Ja?

– Jag skulle vilja ge er en sak.

Jag går fram till katedern. Han ger mig en gammal bok, med brunt omslagspapper. Jag slår upp första sidan, jag hinner inte läsa titeln, bara hans namn i blått bläck, Pierre Marin 1954.

– Det är en bok som betydde mycket för mig när jag var ung.

Papperet är gult, boken tycks ha överlevt fyra fem sekler. Jag tackar honom, jag är ensam i salen med honom och känner mig mycket generad, jag vet inte alls vad man ska säga i sådana situationer, jag är säker på att det är en väldigt fin present och tackar än en gång. Jag går mot dörren men han ropar på mig igen.

– Mademoiselle Bertignac?

– Ja?

– Ge inte upp.

GENEVIÈVE HAR GÅTT tillbaka till charkdisken, hon vinkade innan hon försvann.

Jag ser antagligen ledsen ut för Lucas smeker mig över kinden, väldigt försiktigt.

Hans mun närmar sig min och jag känner först hans läppar, sedan tungan, och vår saliv blandas.

Då förstår jag att av alla frågor som jag funderar över är den om vilket håll man ska snurra tungan inte den viktigaste.

Maj 2006–Mars 2007